アルファに恋した氷の王子様
～極夜のオーロラと魔法の薬～

Sawa Sumitani
墨谷佐和

CHARADE BUNKO

Illustration

柳ゆと

CONTENTS

プロローグ

『こおりのしたには　ふたつのおたから
あまいにおいのおはなと、そしてまほうのおくすりと
どこにあるかは　オーロラさんにきいといで』

ハルネス王国は、この世界で最も大きな、イーリンジ大陸の北部辺境にある。犬ぞりでもう少し北へ行けば、手つかずの氷河と一年中溶けることのない氷の大地が広がり、見事なオーロラを見ることができる。ハルネスは先王の世に、大国グリンワルドの属国になったばかりだ。

ハルネスのオメガ王子、五歳のクリストフは朝露に濡《ぬ》れる花を摘みながら、耳に馴染《なじ》んだ子守歌を口ずさむ。銀に近い金髪が朝陽《あさひ》に透けて、絹糸のようにきらきらと輝いている。

「クリスはほんとうに、そのおうたがすきね」

クリストフの双子の妹、同じくオメガ姫のソフィアがやってきて、ふわりとしたドレス

の裾をくるんと脚に挟み、隣にしゃがみ込む。女官に見られたら、「まあ、なんてはしたない」と叱られるが、今は兄と二人きりだ。

「だって、わくわくするんだもの」

クリストフ——クリスは、短い夏の芽吹きのような、みずみずしい緑の瞳を大きく見開く。

「おとなになったら、ふたつのおたから、さがしにいきたいなあ。ぼうけんしたいんだ」

『あまいにおいのおはなと、そしてまほうのおくすりと』

一緒になって口ずさみながらも、ソフィアは少し表情を曇らせる。二人は髪の色も瞳の色も同じで、抜けるように白い肌をしているが、容貌は少し違う。整いすぎだといわれるクリストフに比べ、ソフィアは可愛《かわい》い顔に、もの哀《がな》しげな陰が落ちている。少しませた口調で、ソフィアはクリストフに諭すように言い聞かせた。

「あたしたちはおとなになったら、どこかのアルファさまのあいじんになるってきまっているのよ。クリスもよくしっているでしょ」

「しってるよ、ぼくはアルファのおひめさま、ソフィはアルファのおうじさまのところへいくんだよね」

クリストフは『猫のろうそく』と呼ばれる、小さな灯《ともしび》のような赤い花を妹のために心を込めて摘む。短い春の間にしか咲かない花だ。

この世界には、男女の他にアルファ、ベータ、オメガという三つのバースがあり、男性オメガは希少だが、男ながら子を孕《はら》むことができる。

性別やバースを越えた婚姻や恋愛は禁忌だ。この世界が創られたしばらくあと、アルファの男神が美しいオメガの男に誘惑され、生まれた子がこの世を破滅に導いたという神話が根強く残っている。王族といってもオメガの二人に王位継承権はなく、王家に生まれたオメガは大国のアルファに差し出されるという未来しかない。ハルネス王家のオメガの子どもたちは皆美しく、諸外国から人気があるが、正妃ではなく「あいじん——妾妃《しょうひ》」になるのはバースを越えての婚姻が許されていないためである。

妾妃はあくまでも愛人であり、家系の記録にも残らない。バースを越えた婚姻は禁忌でも、愛人として交わるのは許されるという矛盾は、オメガを単なる愛玩品、子を産む道具として見ていることの表れだった。

「でも、しりたいっておもうのはじゆうだよね」

クリスはどこまでわかっているのかしら……あどけない兄の言葉に、ソフィアは可愛い眉根を険しくする。

妾妃となるのは圧倒的にオメガ姫の方が多いので、ソフィアはまだ幼いながら、様々な——本来なら、この年頃の子どもが知らなくてもいいことさえ教え込まれていた。「まほうのおくすり」がなんであるのかも知っていた。妾妃になってアルファの王子を産めば、故郷にも花を添えられる。自分たちはそういう道具なのだということを、ソフィアは五歳なりに理解していた。

だが、そのことはやっぱり哀しい。両親が亡くなって王となったのは、アルファの兄、エーリヒだが、彼はオメガの弟妹のことをまさに道具としか思っていない。いつか、双子の兄クリストフとも別れなければならない日がくるのだ。

「ソフィ、どうしたの？」

クリストフは妹の顔を心配げに覗《のぞ》き込み、そして『猫のろうそく』の束を差し出した。

「はい、あげる！　ソフィのすきな、ねこちゃんろうそくのおはなだよ。そんなにさみしいかおしないで、ソフィのことは、ぼくがずっとまもるから！」

兄の笑顔がまぶしくて、ソフィアは今は何も言わないでおこうと思った。笑顔になって「ありがと！」と花束を受け取る。

ソフィアが大国グリンワルドのアルファ王子、八歳年上のアルベルトの妾妃となるために旅立っていったのは、それから十年後、二人が十五歳の時だった。

1

北の辺境、ハルネスの春は短い。

だがその間、長い冬を耐えていた花々は一斉に咲き誇り、ハルネス中に花があふれる。同時に多くの薬草も芽吹き、冬越ししたものが育っていく。ハルネスは豊富な薬草を使った薬づくりが盛んで、諸外国との交易の中心にもなっていた。

十八歳になったクリストフは、ソフィアがアルベルト王子の妾妃となるためにグリンワルドへと旅立ったのが、春でよかったと思っている。それだけが救いだ。花々に彩られ、白いドレスを着たソフィアは本当に美しかった。もう二度と会えないかもしれない。アルベルト王子のもと、ソフィアが幸せに暮らしていくことを祈るしかできなかった。

一方のクリストフは、肩の辺りまであるプラチナの輝きを放つ金髪と、エメラルド色の瞳が、アルファ神たちが愛《め》でたという美しい妖精、フールのようだと噂《うわさ》され続けている。だが子どもの頃の明るさ、愛らしさは消え失《う》せていた。陰のある青年に成長したクリストフは、オメガである身に待ち受ける運命や、ソフィアと離れたことで、寡黙に、あまり笑わなくなってしまったのだ。

「ゼア、グリンワルドから便りはない？」

ハルネス王宮でクリストフが笑顔を向ける数少ない人物であるゼアは、幼い頃からの世話係だ。ゼアは白髪が目立つようになった頭を傾《かし》げ、残念そうな口調で答えた。

「はい、来ていないようでございますが……」

「そう……」

ゼアは、クリストフがアルベルト王子からの便りを待ち続けているのを知っていた。

ソフィアが妾妃となることが決まった時、様々な公的文書とは別にアルベルト王子個人からソフィアに文が来た。これは皆が驚く異例のことだった。アルベルト王子は慣れない国へと旅立つソフィアを気遣い、何も心配しないで来てほしい、と書いてあったという。

ソフィア本人も、そしてクリストフも、アルベルト王子の優しさに驚き、胸を熱くした。

『アルベルトさまは、私の代わりにハルネスにお手紙も書いてくださるそうなの。クリスに書いてくださいってお願いするわ』

妾妃が自身で故郷に便りをするのは禁じられている。だから、これは夢のような話だった。ソフィは嬉《うれ》しそうに語っていたのに、どうして便りが来ないんだろう――。

ゼアに哀しそうな顔をさせてしまったことが申しわけなくて、クリストフは今度は明るく頼んだ。

「薬草のお茶を淹《い》れてくれる？　身体があったまるの……甘い香りのがいいな」

「かしこまりました」

春になったとはいえ、ぽかぽかというわけにはいかない。冷える身体と心を温めるには、ハルネス産のハーブのお茶が一番だ。ゼアが淹れてくれたのは、クリストフが好きな野いちごの香り。お茶を口にしながら、クリストフは赤い『猫のろうそく』が揺れる中庭を眺めた。

子どもの頃は、春になるとソフィアが好きなその花をたくさん摘んだ。彼女がハルネスを発ってから今日で三年だ。あの日も『猫のろうそく』をリボンで結わえてソフィに渡したっけ……。

ちょうど、中庭の反対側のテラスで、兄のエーリヒが側近とお茶を飲んでいるのが見えた。

異母兄のエーリヒに肉親の情など与えられなかったクリストフとソフィアは、この世でたった二人きりの家族だった。互いに唯一無二の存在だったのだ。引き離された双子は、半身を求めるように相手に焦がれるという。クリストフはまさにそうで、ソフィアが旅立ったあの日から、片羽をもがれて飛べなくなった鳥のように生きている。

(以前はもっと、笑顔がお可愛らしい、愛嬌《あいきょう》のあるお方だったのに……)

ゼアはそんなクリストフが痛ましくてならない。

妾妃が自分で連絡を取れないのと同様に、妾妃となった者に故郷から便りをするのは禁じられている。間者として動かれるのを防ぐためだ。

だから、クリストフから文は出せない。出してはみても、国内で検閲されてしまう。クリストフは、アルベルト王子がソフィアの代わりに文をくれることをずっと待っていた。それなのに、あれから三年、一通の便りもないのだ。

(ソフィは僕のことなんか忘れてしまったんだろうか)

そんなことはあるはずない、とクリストフは即座に否定する。何かわけがあるんだ……それは、どれも哀しい推測だった。結局、王子に気に入られず捨てられたとか(実際に、それはよく聞く話だった)、病気とか、亡くなった……とか。

「馬鹿なことを!」

クリストフはその場から立ち上がった。一瞬でも最悪の事態を考えてしまった自分が嫌になった。

兄上に直接聞くしかない――。クリストフはもう、居ても立ってもいられなかった。もし、アルファの子どもを授かっていたら、きっと便りは来ているはず。他にも本当は来ていたのかもしれない。そして、エーリヒがそのことを自分に教えてくれないのは予想できることだった。

それとも何か事情があって困っているなら助けてやりたい。ううん、助けなければ。

その一心でクリストフは庭に下り、もう何日も話をしていない兄、エーリヒのいるテラスへと走った。

庭から直接など、無作法だと叱責されるのはわかっている。だが、そんなことは今はどうでもよかった。

「兄う……」

呼びかけ、妹と同じ名のソフィアというバラの茂みに近づいた時だ。

「ソフィアが死んで、もう二年だ」

えっ——？

クリストフは息を呑《の》み、その場から動けなくなった。

「アルベルト殿下はソフィアを気に入り可愛がってくれたようだが、そろそろ他の妾妃をあてがわねばな。グリンワルドとの薬草の取引を今以上に潤沢にせねばならん」

「私もそう思いまして、めぼしいオメガ姫を何人かあたっているところでございます。ですが、ソフィアさまほどの美しい者はなかなか……」

側近がのんびりと答えている。

「ふん、クリストフが女であったらな。あれ以上の上玉はなかなかいない」

「さようですね。私も正直、女装していただけないだろうかと考えたりしておりました」

「男でも女でも、やることはそう変わらんからな。されどさすがに、グリンワルドの王族に密取引はもちかけられぬわ」

二人は互いの下卑た冗談に笑い合っている。密取引とは、禁忌を破り、同性を好む者に内密に同性のオメガを売り渡すことだ。クリストフくらいの美しい青年が取引されることが多く。望む者は大抵が好色で、目的は性の玩具にすることだった。

「クリストフがあのように気難しい質《たち》でなければ……妾《めかけ》となる者は、何よりも愛嬌や優しさがなければならぬ。仕える御方《おかた》の身も心も癒やすことが役目なのだからな」

一度、クリストフは某国のアルファ姫に肖像画を送られたことがある。だが相手側は、「いくら美しくとも、冷たく、怖いお顔をされているのはいや」と突き返してきた。ここを強引に押して嫁ぎ話を進めても、関係が上手くいかなければ外交問題になりかねない。だから、エーリヒはその話から手を引いたのだった。

「ごもっとも……それに、もう十八になられましたから」

「ふん、トウが立ってしまうではないか。結局は穀潰《ごくつぶ》しよ。ソフィアとて、異例の文をいただくほど気に入ってもらえたというのに、たった一年……もっと寵愛《ちょうあい》をいただいて、属国の中でも格上げしてもらうはずがどうだ？　のらりくらりとかわされてしまっておる。何もかもソフィアのせいよ」

エーリヒは菓子を摘まみながらぶつぶつと文句を垂れている。そして、憎々しげに言い捨てた。

「まったく、こんなに早く死ぬなど計算外であったわ」

自分のことはいい。兄が、思い通りにならない自分を持て余していたのは知っている。

だが、ソフィアのことは……！

我慢ができなくなったクリストフは、茂みの陰から、兄の前へと躍り出た。

「兄上！」

「クリストフ、なぜそのようなところから！」

驚いたエーリヒは、茶器を取り落としそうになった。

「立ち聞きか。卑しいやつめ」

「兄上に、急ぎお聞きしたいことがあったのです！」

こんな兄への無礼など、かまうものか……！

クリストフは結論から問うた。怖くて、心臓が張り裂けそうだった。

「ソフィアが亡くなったというのは本当なのですか？」

「本当だが、おまえに知らせてはいなかったか？　はて？」

エーリヒはわざとらしくとぼけてみせる。クリストフは憤った。

「聞いておりません……！　本当ならば、詳しいことをお教えください」

「クリストフさま、弟君とはいえ、国王陛下にそのような口の利き方は無礼ですぞ！」

側近が口を挟んだが、クリストフは無視をしてテーブルに身を乗り出した。

「兄上、お願いです！」

「病で死んだと先方から頼りがあった。それだけだ」

面倒そうに、エーリヒは答える。

「では、どうぞその文をお見せください。なんの病で、どのような最期だったのか……！でなければ、到底信じられません。僕はソフィアの兄です。アルベルトさまから僕宛ての便りは他にもあったのではないですか？　僕には知る権利が……」

「ならぬ！」

エーリヒは声を荒らげ、ステッキでクリストフの頬を打った。

「オメガ風情が出すぎたことを申すでない！　おまえが信じようが信じまいがどうでもよいことだ。国と国の便りは、本来王同士で交わすもの。権利だなどと二度と口にするな！」

怒ったエーリヒは側近を従えて、テラスから立ち去った。残されたクリストフは打たれた頬の痛みと、もたらされたことの衝撃に耐え、しばらくその場にうずくまっていた。

（本当なんだろうか）

心の中はその思いでいっぱいだった。

あんなに元気だったのに。たった一年で病だなんて……。

ゼアが涙を流しながら手当てをしてくれている間、クリストフはずっとそのことを考えていた。

「クリストフさま……母君は違えど、血のつながった弟君にこのような仕打ち……ゼアは哀しくてなりません」

「ありがとう、ゼア」

ゼアの自分を思いやる温かさに、心が一瞬、ふっと和む。クリストフは初老にさしかかったゼアの頭にそっと手を触れた。

「でも、仕方ないよ。兄上はアルファで、僕はオメガなんだから」

言いながら、なんて嫌な考えだと思う。たまたまそう生まれただけで、いわれのない悪意や蔑みを向けられ続けるなんて……。

「ごめんね。ゼアはベータなのに、僕に仕えたりしなければもっと……」

「いいえ、それは私が決めたことでございます。私はただ、生まれたばかりのあなたを抱かせていただいたあの瞬間に、自分はこの方にお仕えするのだと決めたのです。バースなど関係ありません。私はクリストフさまにお仕えしているのです」

バースではない、その人自身に仕えているのだと――きっぱりと言い切るゼアがまぶしく感じられ、クリストフは目を細めた。

「僕のことをそんなふうに思ってくれるのは、もうこの世界ではゼアだけだよ……」

「何をおっしゃいます！　外つ国ではありますが、ソフィアさまがおられるではありませんか」

「ソフィ……」

クリストフはぽつんと呟《つぶや》いた。ゼアの顔色がさっと変わる。

「もしやソフィアさまに何か……？」

「……グリンワルドで死んだって兄上は言うんだ。もう、二年も前だそうだよ」

ゼアは絶句した。そして、急いで言葉をつなぐ。

「そんな、きっと何かの間違いです！」

「僕もそう思いたいよ……」

クリストフはゆるりと笑う。どうしてこんな時に笑えるのか。そうだ、これは悪い冗談だからだ。誰か、これは冗談だと、悪い夢だと言ってくれ……。

ソフィアは、アルベルト王子の優しさは文から滲《にじ》み出ていると言っていた。だから、きっと幸せになっていると思っていた。たとえ、正妃にはなれなくても。

「ゼア、手当てありがとう。もう大丈夫だよ。いつものお茶と……それから、しばらくひとりにしてくれる？」

「かしこまりました」

目を真っ赤にした初老の侍従は、一礼して部屋を出ていった。ソフィアは、彼にとっても大切な存在だ。たったひとりでも、哀しみや衝撃を共有できる者がいてよかったとクリストフは思う。そうでないと、受け止めきれずに押し潰されてしまいそうだった。

だが、いつもは身体と心を温めてくれる野いちごのお茶も、今のクリストフを癒やすことはできなかった。指先は血が通わないように冷たく、心は重い。

クリストフは寝台に横たわり、目を閉じた。

――おまえには知らせていなかったか？

とぼけた兄への不信感が募る。文を見せてもらえなかったことも追い打ちをかける。王族同士で交わした文は、他者に内容を知らせてはならないという決まりはない。そもそも、そうでなければ外交など立ち行かない。兄上が僕を面倒だと思ったら、見せて納得させる方が早いじゃないか……。

（もしや、兄上は文を紛失したか、破り捨てたのでは……？）

文をなくすなど、不敬にもほどがある。だが、大切な文を破り捨てるなど兄のやりそうなことだ。そして、もしそうだったとしても、ソフィアは死んだのだと話をすればいいだけのこと。それさえしてもらえなかったなんて、兄にすれば自分は塵《ちり》にも等しい存在だ。ここまでなんとも思われていなかったのか。そう考えたら、クリストフは兄に不信を抱くことが馬鹿らしく思えてきた。

（教えてもらえないならば、自分で確かめに行けばいいんだ）

少し軽くなった頭に、ふとそんな考えが掠《かす》めた。そうだよ、そうすればいいんだ。クリストフは自分の思いを反芻《はんすう》する。ハルネス王宮に自分の居場所はない。ましてや、兄の手駒などにはなりたくない。

ここを出てグリンワルドへ、ソフィに会いに、真実をこの目で確かめに行こう。どんなことが待ち受けていても、きっとここで死んだように生きるよりはずっといいはずだ。

「ここを出るだと？」

翌朝、クリストフがいとま乞いをすると、エーリヒは眉をひそめて不審を顕《あら》わにした。

「はい、長らくここで慈しんでいただきましたが、これからは自分の力で暮らしていきたいと思います」

慈しんでもらってなどいないが、少し棘《とげ》を込める。

「ほう……どこへ行くというのだ」

クリストフが黙っていると、エーリヒは尊大に言い放った。

「大方、グリンワルドへソフィアの生死を確かめに行くというのだろう。だが、行っても無駄足だぞ」

「それは、行ってみないとわかりません」

「頑固なやつめが……」

エーリヒが行き先を言い当てるだろうことは予想していたが、自分が出ていくということに対して、歯切れが悪い感じがするのは意外だった。だが、エーリヒはやがて、その薄汚れた本性を吐露していく。

「肖像画を戻された件で、諸外国に『笑わぬ王子』として噂され、もらい手のつかぬ状態となったおまえを、今までここに置いてやったのは誰だと思っている？　すべて私の温情だ。恩を仇《あだ》で返すというか」

恩を仇で返すなどと聞いて呆《あき》れる。まさか兄上は僕を引き留めにかかっている？　クリストフは少なからず驚いていた。

「今後、笑わぬ王子でもかまわないという御方が現れるかもしれぬと思って、おまえを私のもとに留めておいた。おまえを可愛がってくれる、よい嫁ぎ先を見つけてやろうと思うていたのに、その言い様、兄は情けなくてならぬ」

つまりは、男女問わず性の玩具として可愛がられる先を探していたということか……兄の本音に鼻白む思いがする。

「おまえは、王であるこのアルファの兄と、オメガの妹と、どちらが大切なのだ！」

「妹です」

クリストフがきっぱりと答えると、エーリヒの顔に憤怒の炎が燃え上がった。性格に難がある一方で、プライドだけは北極圏の山々よりも高い。

「この国を出るなら、王子の位はないものと思え！　その身ひとつで出ていくがよい。ゼアを伴うことも許さん！」

「王子の位などいりません。ひとりの人間として生きていきます。出ていくことをお許しいただき、感謝いたします」

扱いきれない弟と、手駒としての弟を秤《はかり》にかけ、エーリヒは前者を選んだ。さらに、クリストフの『感謝』が神経を逆撫《さかな》でしたようで、罵倒は続く。

「二度とこの国に戻れると思うな。戻ってきた時は即、好き者の王族に売り飛ばしてやる！　そこで薬漬けになって、兄に歯向かったことを後悔するがいいわ！」

（薬漬け？）

感情の昂《たか》ぶりに任せ、エーリヒは奇妙な言葉を吐いた。密取引を言っているのはわかるが、クリストフは『薬漬け』という言葉が心に引っかかった。

「では、今夜のうちにも発たせていただきます」

憤怒のエーリヒを残して兄の部屋をあとにすると、少し離れたところで、ゼアが目を涙で濡らして立っていた。クリストフの声はともかく、エーリヒの怒号は外まで丸聞こえだったのだろう。

「クリストフさま……」

「ごめんね、ゼア、もう決めたんだ。ハルネスを出て、グリンワルドへソフィを探しに行くよ」

ゼアはハンカチを目にそっと当てた。

「クリストフさまがお決めになったことに、私は何も申し上げることはできません。お供を許されないことは大変哀しゅうございますが、ご自身の選択が、きっとよい道になると信じております。ただ、お身体だけはお大事に……」

クリストフは身を屈《かが》め、皺《しわ》が刻まれたゼアの額にキスをした。ゼアは嗚咽《おえつ》を堪《こら》える。

「何か困ったことが起きた時は、どうぞこのゼアのことを思い出してください。エーリヒさまに歯向かうことになろうとも、その時は何を置いてもお力になります。約束でございますよ」

「兄上に歯向かうなんて、誰が聞いているかわからないから、そんなこと言ったらだめだよ。でも、ゼアの気持ちは嬉しい……本当に今までありがとう」

涙で濡れた灰色の優しい目に、クリストフは温かな気持ちでうなずいたのだった。

＊＊＊

ハルネスを始めとした小国を属国として従えたグリンワルドは、南は海を臨み、北は北極圏にも迫る大国だ。神話の舞台にもなった大変歴史のある国で、遺跡もそこかしこに残されている。

小国を属国にしてはいても各々の自治を認め、だが、まつりごとの中心はあくまでもグリンワルドにある。その中央集権制度を強固にしてきたのは、前王と共に、アルベルト王子の功績が大きい。前王は亡くなっているが、グリンワルドでは王子が正式に結婚しなければ王になれないため、今は前王の第二妃が仮の王座についている。

まだ王でなくても、王子の気さくで温かい人柄は民衆に人気がある。グリンワルドの大きな課題であった海賊討伐を果たしてからは、国はさらに安定を見せていたが、その海賊討伐を指揮したのもアルベルト王子だった。

「英雄なんだな……」

無事に入国したグリンワルドのそこかしこで、クリストフはアルベルト王子の武勇伝や、いかに優しい人物であるかの話を聞いてきた。王都では、商店の店先に大小様々な王子の画《え》や、王子に似せた人形、レプリカの剣などが売っていて、その人気の高さがうかがえた。

クリストフはグリンワルドに入ってからは偽名を名乗っていた。目立つ容貌は帽子を目深に被《かぶ》って隠し、地味な灰色のマントに黒いブーツのありふれた旅装束だ。自分が用意できるだけの路銀をかき集め、本当に身ひとつで出てきたのだが、マントの懐には銀貨が入った袋が納められていた。ゼアだ……クリストフはその思いに涙した。いつか、落ちついたらゼアを呼び寄せて一緒に暮らしたい。そう——こんな町で。

見知らぬ町を歩いて、その活気や気候の暖かさに、クリストフは心が躍るのを止められなかった。ここには誰も自分を知る者がいない。重い荷物を下ろしたような軽やかさが心地よかった。

（この気分を自由というんだろうな……）

もちろんこの国にもバースによる規制はあり、オメガは虐げられていると思っていた。

だが、ある食堂で聞いた話では、結婚には諸々の縛りがあり、議会を始め産業や事業はアルファ層に牛耳られている現状を、アルベルト王子はよく思わず、様々な改革を進めようとしているのだという。

『結婚の縛りをなくすことで、産業はもっと広く民に広がる。オメガやベータにも活躍できる場があって然《しか》るべきだ』

クリストフには信じられないような話だった。

『貧しいオメガの俺たちにも、仕事を斡旋《あっせん》してくださるしな』

食事を取った店で出会った彼らは山を渡り歩いて、木を伐採する仕事をしているのだという。

『しかも、賃金もしっかり払ってくださる』

『何もかもアルベルトさまのお人柄さ』

彼らは、かの王子を崇《あが》めんばかりだったが、男のひとりが首をひねる。

『アルベルトさまはお美しくて、強くて、おまけにお優しいときてる。それなのに結婚されないのはなんでだろうねえ』

この「結婚」とは妾妃ではなく、正妃を娶《めと》ることだ。

『可愛い王子さまはいらっしゃるがねえ』

結婚していない？

王子がいる？

ではソフィはどうなって……。

妾妃について思わず訊《たず》ねそうになったが、やはりソフィアのことは王子本人に聞きたいと、クリストフは思いとどまった。

『ありがとうございました。いろいろ楽しいお話を聞かせていただいて』

クリストフが席を立つと、相席していた男が元気づけるように言ってくれた。

『なんの用かは知らねえけど、アルベルトさまは誰の、どんな謁見も受けてくださるから安心して行きな」

民の声を広く聞くための謁見制度は、アルベルト王子が定めたものだ。前王が存命で、まだ王子自身が身軽だった頃は、お忍びで市井に出かけることも多くあったという。

王子に声を届けたい謁見希望者は当然ながら多くいる。週に二日の謁見日は申請希望者の列ができ、一週間以上は待たねばならないらしい。これも食堂で聞いた話だ。謁見できる者は、その都度、掲示板に貼り出される。

申請書に名前を書き（もちろん偽名だ）その日はそのまま宿屋に一泊した。そして翌日、様子を見ておこうとクリストフが王宮に出向くと、昨日申請したばかりの自分の名が書いてある。名前はゼアのものを借りていた。

（ゼア・ホールネン……確かに）

どうしてこんなに早く？　掲示板を見つめていたら、衛兵が訊ねてきた。

「謁見希望者か？」

「あ、はい。ゼア・ホールネンです」

「アルベルト殿下はお忙しい。早く通れ」

そう言われ、王宮内に通された。武器を隠し持っていないか点検はされたが、なんとも速やかに通されたので驚いてしまった。衛兵たちが優秀なのもあるだろうが、本当に民たちに開かれた王宮なのだろう。

棟を二つ分、案内の者のあとを進む。広い城内は明るくて風通しがよく、調度品も上品なものばかり。謁見の間はもっと簡素なものだろうと思っていたが……ハルネスの暗い城しか知らなかったクリストフは、目を瞠《みは》るばかりだった。

案内の者が重厚な扉の前で立ち止まる。扉には北方神話の神々のレリーフが施されていた。

「アルベルト殿下、謁見希望者、ゼア・ホールネンを連れて参りました」

「入るがよい」

案内の者は扉を開けて恭しくお辞儀をした。その間、クリストフは噂に聞くアルベルト王子のいきいきとした、それでいて甘さを含む美声に酔い、その姿に目を奪われていた。

彼は、机の上の書物から顔を上げていた。座っていてもわかる逞《たくま》しく精悍《せいかん》な体軀《たいく》、広い肩幅に対し、かたちのよい貌《かお》は小さく見えた。漆黒の髪は短くて、ところどころ自然に巻いている。そして目――髪と同じ漆黒だが、闇ではなく、包み込むような優しい夜を思い出させる。その目が訝《いぶか》しげに少し細められた。そのまま、じっと見つめられる。なんだろう。何か変なのだろうか。服装とか？　クリストフは王子の視線に内心焦っていた。

何しろ偽名を使っているというやましさがある。間者だと思われたら大変だ。それなのに、その不審さをたたえた目にさえ見蕩《みと》れてしまう。

「何を黙っておる。殿下の前だ。帽子を取ってご挨拶を」

案内の者に促されクリストフは我に返った。声をかけてもらわなければ、そのまま立ち尽くしていたかもしれない。

彼の視線が気になって。そして、彼から目が離せなくて――帽子を取り、クリストフはグリンワルド流に右手を胸に当て、頭《こうべ》を垂れた。

「し、失礼いたしました。お、お会いできて光栄です。わ、私はハルネス国境の村、ソルバから参りました、ゼア・ホールネンと申します」

挨拶を聞いている王子の視線はクリストフを炙《あぶ》るようだった。どうしてこんなに王子の視線が熱く感じられるのだろう。初めて会った人なのに。

動揺しながら答えたので、何か所も嚙《か》んでしまった。

「そのように緊張することはない。近くへ」

顔を上げ、いざなわれるままに進み出た時だった。

「！」

アルベルトは何か閃《ひらめ》いたように突然立ち上がった。

その拍子に机の上から書物が落ち、積まれていた紙の束もばさばさと床に落ちて広がった。インクつぼがカタカタと揺れる。息を呑むのもわかった。

腕を摑《つか》まれる。抗《あらが》う間もなく引き寄せられる。彼は一切かまわなかった。

だが、捕縛されるのだろうかという恐怖は感じなかった。摑まれた腕に痛みを感じなかったからだ。

彼の逞しい腕に抱きしめられていた。そして次の瞬間、クリストフは

「クリス！」

本当の名を呼ばれる。しかもクリストフではなくクリスと。何が起こったのかわからないまま、クリストフは彼の腕の中にいた。

「会いたかったよ……」

耳をくすぐる優しい声に合わせて、甘やかな匂いが心地よい。アルファに抱きしめられているからだと思うと、心臓の鼓動が高まってしまった。アルファに反応しないような、強い抑制剤を飲んでいるのに。

（あ、会いたかったってどうして？　それになんで抱きしめ……）

流されないよう、違うことを考えようとする。

甘い香りは、花器いっぱいに飾られたバラのせいだ。ハルネスのものと違い、陽光をた

くさん浴びたバラはみずみずしく香りも華やかだ。天井には、扉と同じ神話の神々の絵が描かれている。勇猛果敢な戦いの場面ではなく、皆杯を手に語らっていて、穏やかな雰囲気を醸しているのが、ここが王子の私的な空間であることを感じさせた。アルベルトがこんなに感情を出して接してくるのは、そのためかもしれない。上品な内装は緑色を基調としている。王子の好きな色なのだろうか……。

「よく来てくれた……本当に」

囁《ささや》くような声に、また甘い香りが混ざる。バラじゃない、これは……。

やっぱり離してもらう方が先だ。クリストフが身じろぐと、アルベルトはやっと自分の行動に気がついたようだった。優しく、抱擁が解かれる。だが、肩には手が置かれたままだ。

「すまない、急に抱きしめたりして驚かせたね。我を忘れるくらいに嬉しかったんだよ。君はソフィアの兄のクリストフだろう？　君の話をよく聞いていたんだ。だから、すぐにわかったよ」

「ぎ、偽名を使ったりして申しわけありませんでした」

ここまで言われてしまっては、もう嘘《うそ》を詫《わ》びるしかない。だがその一方で、クリストフはソフィアから話を聞いていたというアルベルトの言に、心が沸き立った。

「昨日、謁見申請者の名簿を見ていて、ふとゼア・ホールネンという名が目に止まってね。

ソフィアは世話係のゼアの話もよくしていたから、彼ならばぜひ会いたいと思ったんだ。そうしたら君が現れた。だから最初は驚いたんだ。会えて嬉しいよ」

そうか、そういうことだったのか。ソフィアに縁の者ということで、特別に通してもらえたのだ。ここはやはり謁見の間ではなく、王子の私的な部屋だった。

「改めまして、ハルネスから参りました。ソフィアの兄の、クリストフ・アルストロ・デ・ハルネスです」

頬を紅潮させながら再度挨拶をすると、遠いところを疲れただろう、と豪奢《ごうしゃ》な椅子を勧められ、アルベルトもクリストフの向かいに座った。背の高い栗色の髪の男が、銀のワゴンに乗せて温かい紅茶を運んでくる。

「どうぞ温かいうちに。ハルネスのハーブには及ばないが、我が国で最も愛されている茶葉だ」

「いただきます」

好きだった、野いちご茶に似た香りだ。いつもゼアが淹れてくれたお茶……彼の名前のおかげでアルベルトに早く会うことができた。抱きしめられて動転していた心が少しほぐれ、すすめられるままに茶器を口に運んだ。つるバラの絵付けがされた薄い磁器だ。ハルネスでは見たことのない優美なものだった。

一見は静かに紅茶を味わいながら、クリストフは考えていた。道中でもずっと考えていたが、答えは出なかったのだ。

どうやって切り出そう。ソフィアは元気ですか？　と訊ねるのもカマをかけるようで気が引ける……。すると、アルベルトの方から訊ねてきた。

「ソフィアのことで来てくれたのか？」

明るかった彼の表情が強張《こわば》って見えるのは気のせいではない。彼が選んだ言葉も気になった。彼は「会いに来てくれたのか」とは言わなかったのだ。

先ほどとは違う意味の鼓動が速く打つ。真実を知るのは怖い、だが、クリストフははっきりと答えた。

「そうです。先日兄から、ソフィ……ソフィアが二年前に亡くなったと聞きました。僕はどうしてもそのことが信じられなくて、ここまで確かめに来たのです」

「先日？」

アルベルトは訝しげに訊ねる。

「はい」

うなずくと、アルベルトの表情は苦しげなものになった。

「二年前に、ハルネス国王にその旨の書状をお出しした。先日とは……君は知らされていなかったのか」

その旨の書状……ああ、ではやはり――。

　クリストフは膝に置いた手をぎゅっと握り、唇を噛みしめた。

「なんてことだ。エーリヒ殿、どうして……！」

　アルベルトは憤っていた。ああ、この人は僕のために怒ってくれるのか。なんだか不思議な感覚だった。つい先ほど、会ったばかりの人なのに。

「君はソフィアの最愛の兄だというのに……ソフィアが哀しむ」

「……詳しいことを教えていただけませんか……。亡くなったと、聞いた、だけなので……」

　真実を知らなければ――そのためにハルネスを出たのだ。声も身体も震え出すのがわかる。よほど青ざめていたのだろう。アルベルトがテーブルの上に身を乗り出した。

「大丈夫か」

「はい」

　温かな声に、ふと気が緩んだ。ゼア以外の者にこんなに優しく気遣われたのは、ソフィアと離れて以来だと思うと――。

「彼女が私のところへ来てくれてから、ちょうど一年くらいの頃だった。ずっと体調がすぐれなかったのだが、そのまま……」

　告げたアルベルトの声は哀しげだった。だが、クリストフはたたみかけるように叫んでいた。

「嘘だ！」

アルベルトは静かに首を横に振った。

「嘘ではない。これが嘘であったならと私もどれだけ思ったことか……医師の見立てでは、我が国の水や食べ物、気候などが身体に合わなかったのではないかと……」

「……そんな理由、納得できません。ソフィは健康でした。だって……」

クリストフは食い下がる。信じない、信じたくなかった。

「この国は、ハルネスよりずっと暖かくて過ごしやすいです。ハルネスの貴族たちは、病を患うとグリンワルドへ静養に行き、皆元気になって帰ってきます。だからそんな……水や気候が合わなかったなんてあり得ません！」

「君には辛《つら》すぎることだと思うが、本当なんだ。眠るようにひっそりと逝った。私は彼女の手を取り続けていた。最期まで、君に会いたいと言っていたよ。それに、彼女はグリンワルドに来た頃から身体が弱っていて、日々衰弱していったのは本当だ。すまない……この国へ、私のもとへ来たばかりに」

「信じられません！」

クリストフはさらに言い募った。兄に、「ソフィアは死んだ」と言われた時よりも、今、優しいこの人に語られる方が、ずっとずっと辛かった。

死因があまりにも曖昧すぎる……信じたくないという感情に支配されていたクリストフ

は、アルベルトが自分を責めていることにも気づかなかった。

「本当はどこにいるんですか？」

我を失ってアルベルトを問い詰める。彼は哀しさを浮かべた表情で、クリストフの言葉を受け止めていた。

「どうして会わせてくれないんですか？　お願いです。クリスが来たと伝えてください。妹に、ソフィに会わせて……」

クリストフは祈るように両手を組んで、涙の滲んだ目でアルベルトを見上げた。

だが、アルベルトは言葉をしまい込んでいた。ただ、瞳に哀しい色を浮かべたままで。口を閉ざしているアルベルトに対し、クリストフはついに、言ってはならない言葉をぶつけてしまった。

「まさか、兄上に、僕と会わせないように言われて……？」

「もうおやめなさい。それ以上はアルベルトさまに対する暴言、八つ当たりにすぎません」

突然、強い力で手首を捕らえられた。紅茶を運んできた男だ。驚いて見上げると、切れ長の青い目がクリストフを見下ろしていた。

「いいんだ、ユージン。彼の哀しみも衝撃も計り知れないことだろう。しかも、知らされていなかったとあれば」

「ですが、これ以上はアルベルトさまへの不敬に当たります。たとえソフィアさまの兄上であろうとも、私は見過ごすことはできません」

ユージンと呼ばれた男は、眉ひとつ動かさず淡々と答えた。とても冷静な雰囲気がうかがえる。

「驚かせて悪かったな。彼はユージン、私が最も信頼する側近だ。彼の手を離せ、ユージン」

ユージンは表情を変えないままにクリストフの手首を解放した。だが警戒は解かず、アルベルトとクリストフとの間に立つ。ゼアとは雰囲気が違うが、彼のアルベルトに対する忠誠心が伝わってくる。無表情な男でも、嫌な印象は抱かなかった。

「……申しわけありませんでした」

この流れでなんと言えばいいのかわからず、謝ってしまう。すると、アルベルトは優しく笑いかけてきた。

「君が謝ることは何もない」

「でも、やっぱり僕は信じられません。……信じません」

優しく言われても、クリストフは退《ひ》けなかった。

「突然いろいろ聞かされて、心の整理も必要だろう。信じないと言うのは君の自由だ」

その時、ぱたぱたと可愛い足音がしたかと思うと、扉の向こうから侍女らしき女性の声がした。

「ジークフリートさま、だめですよ。今、アルベルトさまにはお客さまがいらしているのです」

「とーちゃま、あけて、あけて」

ハルネスの昔話に出てくる、妖精が花の雫《しずく》の鈴を振る音、とは今まさに聞いているそのものではないだろうか。その可愛い声と一緒に、精いっぱい、扉をとんとん叩《たた》いている。

「ジーか。かまわないよ、中へ入れてやってくれ」

アルベルトの声も弾むようだ。部屋の中に入ってきたのは、小さな男の子。褐色の巻き毛に、クリストフやソフィアと同じ緑の瞳をしている。男の子はぴょんぴょんと跳ねるようにアルベルトの方へ進む、アルベルトも大きな腕を広げて、男の子を抱き上げた。

「紹介しよう。私とソフィアの子、ジークフリートだ」

「……ソフィアの子?」

「この子が生まれたことも知らせていたのだが……聞いていていないか」

「はい……」

クリストフは震える声でジークフリートの顔を見つめた。ソフィが産んだ子……。僕たちと同じ目の色をした、僕と同じ血を引く子……。

「だあれ?」

ジークフリートは愛らしく、アルベルトに問いかける。

「おまえの母さまのお兄さんだよ」

「？」

彼はよく理解できないようだったが、クリストフに向けて、人見知りすることなく、にこっと笑いかけた。

「ジークフリートさま、お顔を見せてください……」

クリストフの声は感動と感傷で震えていたが、アルベルトが心を和らげるように声をかけてくれた。

「ジーと呼んでやってくれ。君の甥《おい》なのだから」

「おなまえ、なあに」

ジークフリートは小首を傾げて問いかける。ああ、なんて可愛いんだろう。それに、ソフィの面差しが見えるようだ。

「クリストフですよ、ジーさま」

「敬称もいらないよ」とアルベルト。

「くりちゅ、くちちゅ、ちゅふ？」

一生懸命に名前を口にするジークフリートが可愛くて、クリストフは思わず微笑《ほほえ》んだ。

アルベルトも笑顔だ。ユージンでさえ、表情が和らいでいるようだった。

「クリチュ！」

もうこれでいいや！　とばかりに得意げにジークフリートはクリストフの名を呼んだ。

「クリチュ、クリチュ！」

抱っこして、というようにジークフリートは両手をめいっぱい伸ばしてくる。アルベルトから彼を託され、クリストフはジークフリートを思い切り抱きしめた。

（ソフィ、こんなに可愛い子を産んでいたなんて。僕は本当に——何も知らなくて）

この子がソフィアの忘れ形見だなんてまだ信じてはいないけれど、クリストフは生身のジークフリートの温かさに涙した。ぎゅっと抱きしめられたジークフリートは、嬉しそうに笑っている。

「クリチュ！」

その様子を、アルベルトとユージンは黙って見守っていた。部屋の中には、温かくて、心地のよい空気が満ちていた。

ジークフリートは二歳になったばかりのアルファだった。おしゃべりで表情がくるくる変わる。幼い頃のソフィアの笑顔を思い出す。

そういえば、アルファの子どもは成長が早いのだと、エーリヒが自分の息子を自慢していた。

（この子もそうなのかな）

確かに、年の割におしゃべりは得意なようだ。

子どもの成長のことはまったくわからないが、クリストフはソフィアがアルファの子を産んだということに安堵《あんど》を覚えていた。

もちろん、妹の子ならばバースなど関係なく愛《いと》しい。だが、オメガの妾妃がオメガの子を産むと、用なしだとばかりに親子共々王宮から追放され、その後も顧みられないと聞いていたから……。

（この人もそういうことをするんだろうか）

そんな無慈悲な人物には思えないけれど……クリストフの中ではアルベルトに対しての反発心が上回る。ソフィアがオメガだから、ことを曖昧にしているのではないか。ソフィひとりを追放して、アルファの王子だけを手元に残した。そういうこともあり得るのだ。ジークフリートがオメガだったら、こうして会えなかったかもしれないのだ。

「クリチュ、こっち！」

今、クリストフはジークフリートに手を引っ張られ、城の中庭を案内されているところだった。

中庭は、彫刻があしらわれた噴水を中心に、八方に広がっていた。季節の花が咲き乱れる花園には蜜に誘われて、蝶《ちょう》や蜂が集まり、木々の緑の葉がさやさやとそよいでいる。うさぎやリスにも出会う散歩道には、ところどころあずまやや椅子が配されている。ハルネスのハーブ園も美しかったが、こんなに心が和む場所は初めてだ。

ジークフリートは鳥の巣がある木や、魚がいる小川など、自分のお気に入りの場所を得意そうに教えてくれる。クリストフが葉っぱで舟を作ってやると、大喜びでもっともっととせがまれた。

アルベルトに勧められるままこの城で一泊して、今日は二日め。ジークフリートはクリストフにすっかり懐き、ずっと側にくっついている状態だ。

甥っ子と戯《たわむ》れるのは幸せなひとときだったし、特別な客人のようにもてなしてもらい恐縮したが、居心地よく過ごすことができた。だが、これ以上ここに留まる理由がない。ソフィアのことは諦められないが、いとまを告げなければ。

どこかに宿を取って仕事を探し、ソフィアのことも自分のことも、それから考えよう。とにかく、息苦しくて寒々しい兄のもとを離れることはできたのだ。

そこへアルベルトが現れた。

「あ、とーちゃま」

「おはようございます」

クリストフが頭を垂れると、アルベルトは笑った。今日の陽ざしのように温かな笑顔だった。

「そんなにかしこまらなくていいと言っただろう？　それよりも朝からずっとジーにつき合ってもらってありがとう」

ジークフリートはちゃっかり二人と手をつなぎ、アルベルトと同じようにお日さまのような笑顔だ。ジークフリートは目の色を母から受け継ぎ、髪は父親譲りのようだ。アルベルトより褐色がかってはいるが、いずれ父のような黒い髪になるのだろう。アルベルトも子どもの頃はジーのように見事な巻き毛だったのかもしれない。そんなことを考えてふっと口元が緩む。

「いいえ、ジーと一緒にいるのが本当に楽しいんです」

クリストフは自分が笑っていることを感じた。二人には及ばないけれど、かなり温かな笑顔だったのではないかと思う。

「では、もうしばらくジーのためにここにいてやってくれないか。私も君と、ソフィアの話をしたい」

それはクリストフも同じ気持ちだった。もっとソフィの話を聞きたい。すべてを聞き出したい。だが……。

「でも、これ以上お世話になるのは恐縮です」

正直に答えると、アルベルトは真面目な顔をして、「では君は……」と何か言いかけたが、すぐに笑顔に戻った。

「とにかく、お茶にしよう。君もジーにつき合って疲れただろう？」

「おちゃ？」

「ああ、ジーの好きなりんごのパイもあるぞ」

「わーい」

ジークフリートは喜びを身体全体で表現する。ぴょんぴょんしながら「りんご、りんご、だいちゅきちゅき！」と歌うジークフリートに誘われて、クリストフはお茶の席を辞退できなくなってしまった。

たちまちテラスに素敵なテーブルがしつらえられ、クリストフはアルベルトの向かいに座った。ジークフリートはもちろん二人の間で、フリルのついた白いエプロンをつけていた。胸のところに青い糸で刺繍《ししゅう》が施されている。

「えぶろん、やーなの」

ジークフリートはこの世の終わりかというような哀しい顔でクリストフに訴えてくる。

どうやら、エプロンをつけたくないらしい。

「もっとこぼさずに食べられるようになったらな」

「ふーん」

アルベルトに釘《くぎ》を刺されてそっぽを向くジークフリートも可愛いが、クリストフは彼の目を見て言った。

「とっても素敵なエプロンだと思うよ」

「ちゅてき？　えぷろん、ちゅてき？」

「うん、とっても」

とたんにジークフリートは目を輝かせる。そして和やかにお茶のひとときが始まった。

確かにエプロンは必須だと思わざるを得ない、ジークフリートの豪快な食べっぷりだった。まだフォークが上手く使えないのだ。だが、アルベルトは叱ったりせず、時折注意するだけで大らかに見守っている。

「エプロンの刺繍は、ジラン語のジーの頭文字なんだ。ソフィアが刺繍したんだよ」

「本当ですか？」

クリストフは目を輝かせる。ジラン語とは、この大陸の古代文字だ。

「ジー、ちょっとエプロン見せてね」

「どーじょ」

青い糸を指で辿《たど》る。これはソフィの指のあとなんだ……そう思うと懐かしくて、やっぱり涙ぐんでしまう。ソフィは刺繍が得意だったっけ――。

「ところで、ここを出たらハルネスに帰るのか？」

クリストフの郷愁は、アルベルトの問いかけによって遮られた。さっきの話の続きだ。故郷は捨ててきた。

ここには、ソフィアが確かに暮らしていた痕跡が他にも多く残されているに違いない。その足跡を辿りたい。アルベルトが言うように、ソフィアの話をしたい。

王宮を出たら、ソフィアとのつながりは途絶えてしまう。ついさっき、ひとりになってゆっくり考えようと決めたばかりなのに、ソフィアのことを知りたいという思い以外、自分は本当に何も持っていないのだとクリストフは改めて思った。他に行きたいところなどないのだ。ジークフリートとのふれあいが深くなればなるほど、そのことを思い知らされた。

(何よりも、僕はアルベルトさまの言うことを信じていない)

オメガの妾妃は子を産むと追放されるという現状が頭をもたげてくる。

あんなに優しい手紙を書いてくれたのに。ソフィアを守ってくれると思ったのに……。アルファの王子だって産んだのに。どうして死んだなんて嘘をついてまで――。

――では、ソフィに会わせてもらえるまで、ここにいます、と言ってみようか。

いや、それはいかにも傲慢だとクリストフは思い直す。疑念は抱いているにしろ、親切に優しくしてくれたアルベルトにそんな言い方はできない。

クリストフは人に甘えるということを知らずに生きてきた。ゼアは寄り添ってくれたけれど、臣下としての彼を守らねばという思いがあった。北の国で固く凍ったその心は、グリンワルドの太陽をもってしても、まだ溶け出してはいない。

（今の僕みたいなのを根なし草って言うんだな……）

感傷に傾いた心を立て直しながら、クリストフは答えた。

「はい、もう少しこの国を見て回ったら、ハルネスに戻ります」

「急ぐ旅でなければ、しばらくここにいればいい。国を見て回るのはそのあとでもいいだろう」

アルベルトの口調は、さっきよりもやや圧があった。ハルネスを出奔してきたことなどお見通しなのだろう。だが、本当にその言葉に甘えていいんだろうか……素直に「はい」と言えずにいるクリストフの顔を、ジークフリートが涙でうるうるの目で見上げてきた。

フォークにりんごのパイを刺したまま、訴えてくる。

「クリチュ、おでかけ？」

「えっ？　あ、うん……っていうか」

子どもの涙がこんなにも威力のあるものだとは知らなかった。しかもソフィアの子だからなおさらだ。しどろもどろなクリストフに向かい、ジークフリートは、ふんっと鼻を鳴らし、フォークに刺したパイを差し出してきた。

（何？）

「僕の分のパイをあげるから行かないでって言ってるんだ。ジーにすれば、最大限の取引だな」

アルベルトが楽しそうに説明する。対してクリストフは慌ててしまった。

ジークフリートがあんなに楽しみにしていたりんごのパイを犠牲になどさせられない。

「大丈夫だよ。ジーの側《そば》にいるから、ほら、このパイはジーが食べて」

すると目を輝かせたジークフリートは、大好きなパイをフォークで（そこそこ）半分に切り、片方をクリストフに差し出した。

「いっちょ、たべよ」

「ジー……」

アルベルトは微笑《ほほえ》んでうなずいている。なんて優しい子なんだろう——クリストフは涙を堪え、ジークフリートが差し出したパイのかけらをぱくっと口に入れた。

「おいち？」

「うん、とっても、とっても！」

本当に、今まで食べたものの中で一番美味《おい》しいとクリストフは思った。そして今度は、自分のパイを切り分けてジークフリートに差し出す。

「わあい！　いたらきましゅ」

「どうぞ……」

それだけ言うので精いっぱい。

温かく見守るアルベルト、可愛いジークフリート……幸せなお茶の時間だった。ここにソフィがいれば——そう思わずにいられなかったけれど、クリストフは久しぶりすぎて錆《さ》びついていた幸福感を味わっていた。

クリストフのグリンワルド王宮滞在はすでにひと月になろうとしていた。

数日のつもりが一週間、そして二週間……アルベルトはどれくらいを思って「しばらく」と言ったのかわからないが、ジークフリートに泣かれるたびに滞在が延びていく。ここにいられるのは正直言ってありがたいことだったが、凍った心のせいで、クリストフは差し出された好意をどう受け取っていいのかわからない。

「クリス、ここを出て、どうするんだ？」

やはりアルベルトは、クリストフがハルネスに帰らないと決めていることを完全に見抜いていた。おまけに、「クリス」と呼ばれるのが当たり前になっている。

『ソフィアがいつも君のことをそう言っていたからな』

アルベルトは言ったが、そう呼ばれると一気に距離が縮まったように感じてしまう。亡き母やソフィアにそう呼ばれていたから……兄エーリヒには一度も呼ばれたことがない。愛する者だけが口にしたその愛称を許してしまっているのはどうしてなのか。

　そこまで考えても、クリストフは素直になれない。居心地のよさに戸惑う自分と、真実に辿り着かずアルベルトへの疑念を抱き続けている自分。白と黒の表裏一体のカードが舞うようにクリストフは揺れている。だが、小さな声で取り繕った。

「仕事を探して……」

「クリス、よく聞いて」

　アルベルトは噛んで含めるように言い聞かせる。彼にとって自分など、ジークフリートと変わらない駄々っ子みたいなものなのだろう。

「何度も言うが、君はソフィアの兄で、ジーの伯父だ。それだけでここで暮らす意味はあるんだよ。それに」

　彼は端整な顔を近づけてきた。いい匂いがして胸が昂ぶってしまう。これは、アルファに対するオメガの本能的な反応なのだろうか。いや、この部屋に活《い》けられたバラのせいだ。

「いつも言っているが、私はソフィアのことをもっと君と語り合いたい。母親を覚えていないジーに教えてやりたいんだ。君はそうじゃないのか？　君の知らない、ここへ来てからのソフィアのことを……」

「それは、真実を教えてくれるということですか？」

クリストフは間髪入れずに訊ねる。

「可愛くないことを言うね」

アルベルトは珍しく皮肉を言った。ふっかけたのは自分なのにクリストフは受け流すことができずに反発してしまう。

「そういう話じゃないでしょう」

彼の顔を見ずに席を立った。そのまま背を向けて部屋に戻る。彼に皮肉を言われたことが、なんでこんなに腹が立つんだろう。自分は彼を信じているわけじゃない。何を言われたってかまわないじゃないか。それなのに。

アルベルトさまは、やれやれ頑固なやつだといった感じで、執務を始めているのだろう……僕がこんなに考え込んでいるなんて思いもせずに。そう思ったら、悔しいのと、そんなことをぐじぐじ考えている自分が嫌になった。

クリストフは身の回りのものをかき集めた。もともと荷物は多くない。すぐに身支度は整った。来た時と同じ旅装束に着替え、再び帽子を目深に被った。

僕は何をしようとしているのか。だが、あれこれ考えることは邪魔だった。クリストフは感情に任せて城門へ向かう。

衛兵には外出だと言い、王宮を出る。

来た時とは逆方向へと、ずんずん歩く。王宮は少しずつ遠くなっていく。あそこにいたのは本当に短い間なのに、一歩ずつ遠ざかるたびに淋《さび》しさが込み上げてきた。

僕はなんでこんなことをしているんだろう。まるでアルベルトさまへの当てつけだ。だが足は止まらず、思ったそばから淋しさを打ち消す。

（これでよかったじゃないか。王宮を――出るつもりだったんだから）

「とーちゃん、抱っこして！」

ふと子どもの声がして振り返る。通りの向こうでは、ジークフリートと同じくらいの子が父親に抱っこしてもらって、嬉しそうに笑っていた。

（ジー……）

ジーは泣くだろうか……そう思ったら、急に後悔に囚《とら》われた。

自分たちと同じ緑の瞳、赤みがかった褐色の髪は毛先がくるくるして小さな花のようだ。えくぼのできた手のひらが一生懸命に伸ばされて、抱きしめると日向《ひなた》の匂いがして……グリンワルドまで来ても、ソフィアのことは結局、曖昧なままだった。だが、ジークフリートに出会えた。血のつながりがあって、あんなに僕を思ってくれて、僕も愛しくて……。

クリストフの心の中に、かあっと熱いものが湧いた。

（戻ろう）

クリストフは踵《きびす》を返す。やっぱりちゃんと別れを言わなくては。泣かれても、駄々をこねられても。そして、アルベルトさまにも。

(お礼を言わなくちゃ。本当のことは教えてもらえなかったけれど、よくしてもらって、優しくしてもらって……)

ちょうど鐘が鳴り響き、正午を告げた。今日は昼から中央広場で大きな市が立つ日なので、大通りは人でごった返していた。広い通りなのに、行き交う人たちと肩がぶつかってしまう。

城へ戻る道に入るには修道院の鐘楼が目印だったが、人波に揉《も》まれて来た時とは違う道に入ってしまったことに、土地感のないクリストフは気づかなかった。とにかく気が急いていたのだ。そのまま通りを進んだが、ふと顔を上げた時、違和感が押し寄せた。

(違う……道を間違えたんだ)

賑《にぎ》やかだった大通りとは違い、昼間なのに暗い、さびれた裏道だった。かつて建物だったらしいものが、梁《はり》を剝《む》き出しにしたまま道沿いに並んでいる。石畳はところどころ剝がれて土が見えていた。その雰囲気に不安を覚え、クリストフは辺りをぐるっと見渡した。

大きな都が初めてのクリストフにとって、知らない通りは森の中で道に迷ったのも同じだった。その時、ふと肩を叩かれる。

「道に迷ったのかい?」

この通りには不似合いな、豪華なマントをまとった紳士が立っていた。

よかった、人がいた……。クリストフは藁《わら》にも縋《すが》る思いで「はい」とうなずいた。紳士が目深に被っていたフェルトの帽子を引き上げると、目がぎらぎらした赤ら顔が現れた。

「ここは袋小路になっていて迷いやすいところでね、旅のお方か？」

言いながら、男はクリストフを頭から靴の先までを舐《な》めるように見る。まるで値踏みされているような不躾《ぶしつけ》な視線だった。

直感が告げていた。身なりは立派でも、アルベルトはもちろん、ユージンや王宮で出会った紳士たちとは何かが違うのだ。ハルネス王宮の貴族たちとも違う……心が警鐘を鳴らしていた。関わってはいけない。クリスは数歩後ずさったが、男はその分、距離を詰めてくる。

「ちょうどここを通りかかったところなんだ。表通りまで私の馬車で送ろう。ほら、あそこに停《と》まっている」

男が示したすぐそこには、狭い道を塞《ふさ》ぐように、ごてごてした装飾の馬車が停められていた。まるで逃げ道を塞がれているように見える。

今来た道を振り返ると、廃れた広場のようなところがあった。おそらくあそこで道を間違えたんだ……。そこには、商用らしき地味な馬車が停まっているのが見えた。

（あそこまで逃げるしかない）

クリストフは丁重に男の申し出を辞退した。

「ご厚意ありがとうございます。でも、大丈夫ですから」

「君のような美しい青年がこんなところで迷っていては危険だ。しかも君はオメガだろう？　さあ」

どうしてオメガだなんて……。

バースを言い当てられ、一気に怖くなった。猫撫で声が寒気を誘う。男が「オメガだろう？」とカマをかけ、反応を見ているのだということをクリストフは知らなかった。どこからかもうひとり男が現れ、両側から腕を掴まれてしまう。道を引きずられ、馬車に押し込まれそうになるが、クリストフは精いっぱいに足を踏ん張って「大丈夫ですから」と抵抗した。

「彼を離したまえ」

突然、背後から抱き寄せられるように男たちから引き剥がされる。

威厳ある口調、低く響く声。そして、身をやつしてはいても対する者を従わせずにおかないオーラを放っている。いつもにこやかな彼とは違うアルベルトがそこにいた。側にはユージンが控えている。

「彼に何か用か」

「い、いいえ、道に迷ってお困りのようでしたから」

アルベルトがただ者ではないと感じたのだろう。男は急に低姿勢になってぺこぺこする。

アルベルトとユージンは目配せをし、クリストフはアルベルトのマントの中に包まれた。

アルベルトはユージンを残し、歩き出す。

　彼の腰には剣が提げられていた。そんなに危険な通りだったのだろうか。でも、アルベルトさまはきっと、とても強いんだろう。がっしりとした、肩に回された手の力強さに心から安心した。

　今、僕は守られている？　心臓が早鐘を打っている。

　どうして？　僕はアルベルトさまに反発したのに。

　僕は、彼を信じていないはずなのに、どうしてこんなに――。

　待っていた馬車は、クリストフが見た地味な馬車だった。抱きかかえられるようにして乗り込むと、気が緩んだのか急に脚がガクガクとし始めた。

「アルベルトさま……っ」

　クリストフは思わずアルベルトの腕にしがみついていた。ほとんど無意識だった。

　自分はなんて身勝手だったんだろう。この国も王都のこともよく知らないのに意地だけで飛び出して、自分がいかに世間知らずなのかをクリストフは思い知った。

「もう大丈夫だ。あの辺りはよく旅人が迷うところなんだ。ユージンと当たりをつけて向かったんだが正解だったな」

（もしかしたら、衛兵が簡単に外へ出してくれたのも、アルベルトさまが僕の行動を見越して……？　それからすぐに探しに来てくれた？）

クリストフは頭を垂れた。

「ごめんなさい、ごめんなさい、アルベルトさま。カッとしてこんなことをして……それなのに、助けに来てくださって」

涙声で懸命に謝ると、ふわりと抱き寄せられた。

「いや、私が君を哀しませるようなことを言ったからだ……すまなかった。だが」

心なしか、アルベルトの腕の力が強くなる。

「もう二度と、王宮を出るな……私の側を離れるな」

ああ、そんなことをアルファに言われたら勘違いしてしてしまう……。

彼はジーの父、僕には妹の夫にあたる人だ。

同性間での交わりの禁忌、バースを越えての交わりの禁忌。この世界には愛に対しての縛りがある。その中で希少な男性オメガは、最も愛から遠い存在だと思っていた。男の妃を望むアルファ女性に気に入られればそれが幸せなのだと。それなのに、初めて抱きしめられた人が同性で、アルファのアルベルトさまだなんて。

間違えるなクリストフ。

だが自分を律する一方で、クリストフはやっと自分の心を認めた。

――僕はここにいたいんだ。

「僕をグリンワルドの王宮に置いてください。ジーの側に、ソフィの名残の場所に」

そしてあなたの側に……。

急に湧いてきたその言葉を、クリスは懸命に呑み込んだ。

(どうしてそんなことを言いそうになったんだ)

自分を問い詰めるが、自分の心がわからない。それはどのような状況であろうと、絶対に口にしてはならないことだった。自分たちは、男同士のオメガとアルファだから。

「……いい子だ」

クリストフの心に吹き荒れる嵐を知ってか知らずか、アルベルトに髪を撫でられる。ジークフリートにそうするように……。そうだ、僕はこの人にとって庇護すべき、まだまだ子どもなんだ。優しいから縁者を放っておけないんだ。間違えるなクリストフ……。

寄り添い合った二人を乗せたまま、馬車は王宮に向かって走っていった。


後日、オメガの少年や青年を攫《さら》い、男娼として外国へ売り飛ばしていた組織が摘発された。先日クリストフが迷い込んだ、さびれた路地がその拠点のひとつであり、声をかけてきた男がまさに組織の一員であったことをユージンから聞き、クリストフは身震いした。

「だから、急いで来てくださったのですね。アルベルトさま共々、ありがとうございました」

「私がお連れすると言ったのですが、アルベルトさまは自分が行くと言って譲られなかったのです。とにかく、ご無事でよかったです」

クリストフが頭を下げると、ユージンは淡々と答えた。あまり表情が動かない人なのだろう。だが、嫌な雰囲気はしない。

「本当にありがとうございました」

アルベルトさまがそんな……彼のことを聞き、心臓が大きく跳ねた。赤くなってしまう顔を隠すように深く頭を下げると、ユージンは先ほどよりも、やや柔らかい口調で答えた。

「私は幼少の頃よりアルベルトさまにお仕えしています。そして今、アルベルトさまには言い尽くせない多大なご恩があります。自分の身を挺《てい》しても、困っている者や傷ついている者を放っておけない。そんな御方です。私は、命果てるまで、この身に代えてもお仕えする所存です。どうかあなたは、あの方を癒やしてさし上げてください。それができるのはジークフリートさまと、ソフィアさまの兄であるあなただけなのです」

「え……」

それはどういう意味で……？　問い返す間もなく、ユージンは深く頭を下げ、クリスの前を辞した。

2

クリストフは王宮に戻った。何もなかったように、穏やかに日々は過ぎていく。

クリストフの心の中には常にソフィアのことがあった。何もわからないことが辛くて、本当に死んでしまったのかもしれないと思う時もあった。だが、その思いはすぐに、そんなはずはないと反転する。

どうして会わせてもらえないんだろう。会わせてもらえない理由は、考えても考えてもわからない。クリストフは揺れ動いていた。ユージンに言われた、アルベルトを癒やすという言葉の意味も気にかかっている。

――それができるのはジークフリートさまと、ソフィアさまの兄であるあなただけなのです。

（でも、ユージンはそれ以上のことは言わないだろうな……）

ソフィアを巡る諸々の葛藤を、クリストフは心の中にしまうようになった。前のように、アルベルトにぶつけることはしない。訊ねても教えてもらえないから……クリストフは虚《むな》しさを感じていた。

（僕はまだアルベルトさまを信じられずにいる。……こんなによくしてもらっているのに）

心が揺れ動くまま、季節は秋へと変わっていった。

グリンワルドの秋は過ごしやすい。木々の葉は赤や黄色に染まり、木の実がぽとぽと落ちて、ジークフリートはどんぐりや綺麗《きれい》な葉っぱを集めるのに夢中だ。

作物の恵みの時期でもあり、食べ物も一段と美味しくなる。ジークフリートの大好きなりんごや、ワインのぶどうがたくさん収穫される。街では、豊作を祝う祭りや市が催され、終始華やかで賑やかな雰囲気だ。

一気に厳しい冬へと駆け抜けるハルネスの短い秋とはずいぶん違う。常にソフィアを思いながらも、クリストフはその日々を楽しんでいる自分がいることを知るのだった。

「クリチュ、まほうのおくしゅりのおうた、うたって！」

王宮の庭で木の実や葉っぱを存分に集め、にこにこ顔のジークフリートがねだる。ジークフリートを膝に抱き上げて日向ぼっこをしながら、クリストフはハルネスの子守歌を歌う。

『こおりのしたには　ふたつのおたから

あまいにおいのおはなと、そしてまほうのおくすりと
どこにあるかは　オーロラさんにきいとい で』

一度、眠る時に歌ってから、ジークフリートはこの歌が大のお気に入りなのだ。特に『まほうのおくすり』という言葉に好奇心をかき立てられてわくわくするようだ。

一回歌うと、ジークフリートも一緒に歌い出し、クリストフはとても幸せな気持ちになる。

（ジーは覚えていないだろうけれど、ソフィも歌っていたんだろうな……）

本当の魔法の薬はオメガにとって、辛くて哀しいものだけれど――。

歌い終わったジークフリートは、さっそく木の実や葉っぱを器の中でぐるぐる混ぜて、魔法の薬を作り始める。水を入れてみたり、土を入れてみたり。最近のお気に入りの遊びだ。できあがると玩具《おもちゃ》のカップに入れて、クリストフに勧めてくれる。

「まほうのおくしゅりです。どーじょ！」

「わあ、嬉しいな」

受け取ったクリストフは飲む真似《まね》をして「苦くて飲めません」と言ったり「ああ、頭が痛いのが治りました！」などと答える。

魔法の薬の本当の意味を教えられるまで、ソフィアともこうして遊んだ。そして今はジ

ークフリートと。クリストフは幸せだった。魔法の薬の正体がなんであろうと、ジークフリートとのひとときを損なうことなどない。

ジークフリートは『まほうのおくしゅり』をアルベルトやユージンにも振る舞う。ユージンはそれなりに、アルベルトは笑顔で芝居っ気たっぷりに答えてやるのだった。

「ジーは立派な薬師になれるぞ」

「くしゅし？」

「お薬を作る人のことだ。クリスの国には立派な薬師がたくさんいて、それで私たちは病気や怪我《けが》をした時に助けられているんだよ」

「ジーはね、びょうきのおくしゅり、きらいなの」

アルベルトは真摯に説くが、会話が噛み合わないのが微笑ましい。脱力した父親にくるりと背を向けて、ジークフリートは新しい『まほうのおくしゅり』を作り始める。

「ジーはすっかりあの歌がお気に入りだな」

テラスでお茶を飲みながら、アルベルトとクリストフはジークフリートが遊んでいるのを見守っていた。

アルベルトは多忙な公務の合間を縫っては、こうして息子の様子を見にやってくる。いつも優しい目がさらに細められ、クリストフは彼のそんな表情を見るとせつなさが込み上げて、胸がツンと痛くなるのだった。

（本当に、ジーのことが可愛いくてたまらないんだな）

「僕も子どもの頃、この歌に出てくる二つの宝物を探しに行きたいと思っていました。歌うたびにわくわくして……」

でも、オメガの王子にそんなことはできやしなかった。望むことさえ……今は、こうしてここにいられるけれど。

「どうした？」

アルベルトが問う。クリストフははっとして顔を上げた。

「いや……わくわくする話をしていたのに、淋しそうだったから。余計なお世話なら謝るが」

なんて他者の心がわかる人なんだろう。クリストフは今更ながらに、自虐的になっていた自分に気がついた。

「謝るなんてそんな……気遣ってくださってありがとうございます。ただ、僕もソフィも、オメガに生まれた王家の子どもは国のための道具で、そんなことできるはずもなかったんです。それを少し思い出してしまって」

笑おうとしたけれど上手くいかずに、泣くのを我慢しているような顔になってしまった。

だがアルベルトの表情は、クリストフを元気づけるかのように明るかった。

「でも、君はその状態から脱してここにいる。自分の意志で運命を切り拓《ひら》き、この国にやってきたんだ。だから、これからなんでもできるさ。私にできることならなんでも相談に乗る。君の力になれるなら」

アルベルトの言葉に、クリストフはエメラルドの目を瞠った。

「どうして……そんなによくしてくださるんですか？　これまでだって、十分すぎるくらいにしていただいているのに。それに、今、ハルネスから流れてくる薬のことでご迷惑をかけているのに」

近頃、薬草の産出国であるハルネスから、粗悪な薬がこの国に流れてきている。精神に作用して中毒性のある、いわゆる麻薬や媚薬《びやく》だ。特に『ヒーメル』という薬が安価で闇取引され、民の間に広まり始めていた。アルベルトは自身が中心となって取り締まりを強化している。今やグリンワルドの重要課題だった。

ヒーメルとは『天国』という意味だ。この薬を飲めば、天に昇ったかのような高揚感や幸福感が得られると言われている。だが、薬の効果が切れたあとの苦しみは地獄のごとくだ。だから常用してしまう。この、豊かで穏やかな国に影を落とす悪《あ》しき薬が自分の故郷から流れてきていることで、クリストフはずっと心を痛めていた。

「ヒーメルのことは君が気に病むことではない」

「でも……」

「それよりも、先ほどの話だ。君は私にとって遠戚に当たるのだから、何も遠慮することはない。ジーのためにここにいてくれて感謝しているのは私の方なのだから。それに……」

アルベルトは不意に口を噤《つぐ》んだ。何か、言葉を探しているような感じだった。じっとこちらを見つめながら……。クリストフは高鳴る胸を抑えながら彼の言葉を待つ。どうしてこんなにどきどきするのだろうと。

「そうだな、ソフィアの分も、君には幸せになってもらいたいから」

アルベルトは久方ぶりに、自分からソフィアの名を口にした。クリストフが王宮に落ちついてから、彼はソフィアの件に触れなくなっていたのだ。

それが今、温かく微笑みながら……その黒い瞳に目を惹《ひ》きつけられる。一点の曇りもない、聖《きよ》らかな瞳だった。

「ソ、ソフィはまだ死んだと決まったわけじゃ……」

クリストフは条件反射のように反発してしまう。

だが、アルベルトに優しくされるたび、そこに動揺が入り込む。心臓が躍ってしまうのだ。

アルファだから惹かれるのか、アルベルトその人に惹かれるのか。

同じアルファでも、彼は兄エーリヒより外見も内面も立派だ。それは、持って生まれた心根によるのだろう。だから、僕はきっと……だが、そのあとは考えない。どちらにしてもこの世界では抱いてはいけない思いだ。

そんなクリストフの葛藤など知る由もないアルベルトは、何も言わず、ただ微笑んでいた。今も、彼はクリストフが言ったことを否定しなかった。

（もう、何を言っても無駄だと思っているんだろうな……）

彼に惹かれながら、彼を否定する。クリストフは矛盾のかたまりになっていた。

「クリス、言ってごらん、何かやりたいことや学んでみたいことがあるのではないか」

「では……」

クリストフは口を開いた。心は揺れ動くけれど、彼の好意を受け取りたいと思ったのだ。

「薬学と、科学と、ジラン語を学びたいのです。ハルネスではあまり学問をしてこなかったので……恥ずかしいですが」

ジラン語とは、北方神話の原書に用いられている古代文字だ。神話は翻訳されているけれど、原書を学ぶことは教会を中心に行われていた。だが妾妃として生きるオメガたちには学問など必要がないとして、その機会を与えられなかったのだ。そして、それはジラン語だけに限ったものではない。

「何を恥ずかしがることがあるものか。薬学はこれからもっと必要になってくる学問だ。ハルネス出身の君が学ぶというのは心強い。ジラン語は歴史にも深く関わっている。そして科学は？」

「ただ、好奇心です。この世界には、僕の知らないことや不思議なことがたくさんあって、それを知りたいと子どもの頃から思っていました」

ハルネスの薬草づくりは、人々の経験が口述や簡単な記録で伝えられてきた。優れた薬草であっても、それは民間伝承にすぎないのだ。近年、それを学問として系統立てようと研究が進められてきている。だが、兄のエーリヒは薬学には反対で、頑なに学問を持ち込むことを拒否していた。クリストフはそれが疑問だった。

「薬学は、学問として成立すれば製法が世界に広まって、多くの人がその精製にたずさわることができますよね。そうしたら、働き口も増えるし、もっとたくさんの人が薬で助かるんじゃないでしょうか」

「まさにその通りだ。だから我が国では急ぎ、薬草の研究を進めている。君が同じように思っていてくれて嬉しいよ」

アルベルトが少年のように目を輝かせて語るので、クリストフはまた胸がときめいてしまった。

ヒーメルの他にも、使い方や作り方によっては命を脅かすような、怪しい薬がハルネスにはたくさんある。堕胎薬や媚薬、そして『魔法の薬』——邪悪な薬の撲滅のためにも、薬学は必要なのだ。

「すぐに優秀な教師を手配しよう。薬学は無理だが、科学やジラン語ならば私も教えてやれる」

ジークフリートのエプロンの刺繡が頭に浮かぶ。あのジラン語の頭文字……ソフィもアルベルトさまに教えてもらったのかもしれない。

クリストフは目を輝かせ、そして恐縮した。

「ありがとうございます！　でも、そんな……アルベルトさま、とてもお忙しいのに」

「ジーと君の顔を見たいからな。あ、だがジーがいたら勉強にならないな」

アルベルトは朗らかに笑う。あまり楽しそうなので、クリストフは訊ねずにいられなかった。

「今日は、何かいい知らせでもあったのですか？　とてもたくさん笑顔でいらっしゃるから」

「ここへ来て、君が初めて前向きな姿を見せてくれたから、それがとても嬉しいのさ」

えっ？　クリストフは目を見開く。

「アルベルトさまは、その……僕が前向きだと嬉しいのですか？　なぜ……」

「私が大切にしている者が生き生きとしていたら、ああ、幸せなのだなと思う。大切な者が幸せだと自分も幸せなんだ」

クリストフは驚いてアルベルトを見つめ返していた。僕はアルベルトさまの「大切な者」に入っているの？　ソフィの兄だから？　それでも……。

（嬉しい……）

クリストフは素直に思いを噛みしめた。ゼア以外の者にそんなふうに言われたことなどなかった。すると、腹の奥の辺りがずくんと痛んだ。痛みなのに甘やかな……こんな感覚は初めてだった。

（何……？）

ときめきと戸惑いが同時に押し寄せたクリストフを前に、アルベルトはほうっと感嘆の息をついた。

「君は日ごとに美しくなるな……男にこんなことを言われても嬉しくないだろうが」

「い、いえ、そんなこと……」

一瞬、二人の間の空気が止まったかのように感じた。花のような香りが漂い、ワインを飲んだあとみたいに気持ちがふわふわとする。

その沈黙を破ったのはアルベルトだった。

「君の前向きさに便乗して、私も前向きに取り組んでいる話をしてもいいかい？」

「えっ？　ええ」

先ほどの沈黙はなんだったのかと思うほどに、アルベルトは変わらぬ笑顔だった。

「私は、この世界で大罪とされていることから人々を解き放とうと企《たくら》んでいるんだ。まだ今はこれだけしか言えないが」

抽象的な言い方に、クリストフは最初、彼の言うことがわからなかった。大罪……って。

（婚姻？）

ふと閃く。殺人や窃盗は許されることではないから。ヒーメルの売買だってそうだが。同性間の愛、バースを越えての愛のことをアルベルトさまは言ってるの？

また急に胸が高鳴り出した。今までとは比べ物にならない激しい動悸《どうき》と、そして再び、下腹部の甘い痛み。いや、疼《うず》き？

「解き放つって……どういうことですか？」

自分の身体の変化を懸命に耐えつつ、クリストフは訊ねる。本当は彼の前を辞したいほどに高まっていたが、急にそんなことをしたら余計に不審だと思ったからだ。

「解き放つことで、もっと多くの人々が幸せになれる。それはきっと世のためになる」

幸せ——？

その言葉を聞いたとたん、濃い蜜のような甘い香りがクリストフの中に湧き起こった。

「誰かに話したかったんだ。さあ、私はもう行かなくては。教師は急ぎ手配しておく。あと、ジーを頼むよ」

急に立ち上がったかと思うと、アルベルトはさっとマントを翻す。不自然なほどの転換だった。

（僕のヒートが近いからだ。アルベルトさまはきっと、僕が発する匂いを感じて僕を避けたんだ。薬はちゃんと飲んでいるのに……）

ハルネスでは抑制剤を管理されていたために、手持ちの分しか持ち出せなかった。これからはグリンワルドの抑制剤を飲まねばと思っていたところだった。

（効くだろうか）

ふと、不安になる。ハルネスの抑制剤は、オメガが妾妃として差し出される日まで、不用意に他のアルファに発情しないよう、特に強く処方されていた。その薬に身体が慣れてしまっているのだ。グリンワルドのものは初めて口にするものだから……。

効かなければ、きっとアルベルトさまに発情してしまう。クリストフにはその予感があった。

それだけはだめだ。絶対に。

クリストフはひとり、唇を嚙みしめた。

＊＊＊

（くっ……）

クリストフは気怠《けだる》い身体を起こした。じっとりと汗ばみ、熱っぽさが引かない。

グリンワルドの抑制剤は、やはりあまり効かなかった。効果が続かないのだ。アルベルトが手配してくれた授業の合間、長椅子で横になっていたのだが、もう怠くなっている。授業のない時は、いつも通りジークフリートの相手もしている。頻繁に薬を飲んでいる状態だ。

冷たい水で粉薬を喉に流し込み、クリストフはふっとため息をついた。

アルベルトは国境の視察のために、ここしばらく王宮を留守にしていた。クリストフにはそれが救いだった。彼の不在がいつまでなのかわからないが、なんとか彼が戻ってくるまでにこの状態が治まれば。

「抑制剤を多めに欲しいのですが……」

さすがにアルベルトには言えなくてユージンに頼んだのだが、彼は何も言わずに薬を用意してくれた。だが、ユージンは今アルベルトの供をしていて、薬はなくなりかけている。クリストフは焦っていた。

「クリチュ」

扉の陰からジークフリートがちょこんと顔を出した。昼寝から起きたのだろう。とことことクリストフの側に歩いてきたジークフリートを膝に抱き上げると、彼はにっこりと笑った。

「とーちゃま、かえってくるの」

一瞬、どきっとしたが笑顔で答える。

「そうなんだ。長いことお留守番して、ジーえらかったね」

「クリチュ、おかおあかいね」

ジークフリートはふっと真面目な顔をしてそう言った。熱っぽさが残っているからだ……だが、そんなクリストフの動揺を知ることのないジークフリートは、今度はちょっと哀しそうな顔をする。

「とーちゃま、ジーがねんねのとき、かえってくるの」

「夜遅いんだね。でも大丈夫だよ。きっと、ねんねしてるジーにキスしてくれるよ」

表面上は穏やかに話していながら、アルベルトが帰ってくると聞いて身体に疼きが生じ始め、クリストフはあどけないジークフリートに対して申しわけなく思った。だが、どうしようもないのだ。効き目の弱い薬で、発情を抑えることはできない。

その時、ふわりとクリストフの額に触れるものがあった。ジークフリートのちっちゃな手のひらだ。

「クリチュ、おねちゅありましゅ！」

ジークフリートの表情が、さっと変わる。可愛い眉間に皺を寄せ、握った手を震わせている。ジーでもわかるほどに熱が高くなっているのか。だが、どうしよう、どうしようとその場をぐるぐるしているジークフリートを安心させようと、クリストフは「大丈夫だよ。ちょっと頭が痛いだけ」と答えた。

「だめでしゅ！」

ジークフリートは真剣な顔で立ち止まり、クリストフを叱った。目には涙が滲んでいる。

（ジー……）

「ねんねしなしゃい！」

ジークフリートはクリストフの手を引っ張り、寝台まで連れていこうとする。眉間の皺は緩むことなく険しいままだった。ジークフリートの動揺と焦りが伝わってくる。

（ジー、そんなに心配してくれているんだ……泣いちゃうくらいに）

胸が痛くなるほどの気持ちが伝わってくる。言われた通りに横になると、ジークフリートはよいしょとクリストフに上掛けを被せた。長椅子の膝掛けも取ってきて、首の辺りを包む。きっと、いつも自分がされていることを再現しているのだ。

「おと、おとな、ちく、ねんねでしゅ」

その難しい言葉を言い終えたジークフリートは、側の椅子によじ登り、クリストフの身体をとんとんし始めた。

『こおりのちたにはふたちゅのおたから

あまいにおいのおはなと、そちてまほーのおくちゅりと
どこにあるるか　オーロラちゃんに　きいてきて』

クリストフを寝かしつけようとしているのだ……。クリストフの目に、ぶわっと涙があふれた。なんて優しい子なんだろう。ジークフリートの優しさは紛れもなく、ソフィアとアルベルトから受け継いだものなのだ。

（本当に、本当に二人の子どもなんだなあ……）

胸の奥から突き上げてくる感情は、愛しさの中に、ほんの少しの苦みが混じっている。これは何？　湧き起こった疑問を振り切るように、クリストフはジークフリートに話しかけた。

「わかりました。ジーせんせい。クリスはおとなしくねんねします」

「いいこでしゅ」

にこっとうなずいたジークフリートの顔を見て、クリストフは笑って目を閉じた。そのまま静かにしていたら、子守歌はやんで、やがて静かに扉が閉まる音がした。

身体の疼きはどうしようもないが、ジークフリートの看病と子守歌のおかげで心は落ちついていた。その傍らで、クリストフは先ほど感じた苦みの正体を知る。

アルベルトさま、会いたい――。

（ソフィ、どうして、こんなことになるんだろう。あの人は、ソフィが身を捧げた人なのに）

この王宮にもたくさんのアルファがいるのに、なぜ、あの人なんだろう。

もし男性オメガに発情されたなどと知れたら、アルベルトさまのお立場に傷がつく。

早く会いたい、いや、会いたくない。

気持ちが沈むたびにクリストフはジークフリートの子守歌を思い起こし、アルベルトへと傾く心を癒やした。

「ああ……っ、はっ……」

クリストフは喘《あえ》いで寝返りを打った。ジークフリートと離れたあと、ひと眠りしたが、身体は明らかに異常を高まらせていた。

乳首の先が敏感になって、衣服が擦《こす》れても頭に血が上って、自分でそこを弄《いじ》ってしまう。

幼い頃から抑制剤を飲み続けていたせいで、ほとんど勃起したことのない茎は熱く固くなっていて、目にするのも怖いほどだった。

（これが、僕の……？）

細いながらに血管が浮き出て、ぴくぴくと震えている。触るのが怖くて、シーツに擦りつけて感覚を逃がそうとしたが、もどかしさが募るばかり。そんなふうに何時間もクリストフは疼く身体を持て余し続けていた。

「発情」については、もちろん教えられていた。だがそれは書物の中のことで、さらにその鎮め方は「相手に身を委ねること」としか聞いていない。快感を隠さず、可愛らしく妖艶でいることがアルファを悦《よろこ》ばせるのだと。

(快感、なんて……っ)

ひとりで耐えるのはこんなに辛いことなのか？　もうどれくらい、こうして耐えているんだろう。時計に目をやると、日付が変わろうという頃だった。もう半日くらい、こうして悶《もだ》え苦しんでいることになる。

――もう、だめ……。

自分の身体を抱きしめ、擦れた乳首に「ああっ」と声を上げた時だった。城内にドラの音が鳴り響く。アルベルトの帰還を知らせる合図だ。

「ああ――っ！」

突然、堰《せき》を切ったように、身体の中からあふれ出してくるものがある。アルベルトが帰ってきた。そう思っただけで。

クリストフは打ち震えていた茎に、ついに手を伸ばした。身体が命ずるままに乳首を摘まみ、一緒に根元から扱《しご》き上げる。

「やぁ、ああ——んっ、んっ」

一度、先端へと扱いただけで、クリストフは大量に射精した。それだけでない、後ろの方からも生温かい液がぬるっとあふれ出たのがわかった。

「な、に……ああ……ん——」

前と後ろは、指や舌、唇でアルファに可愛がられるのだと教えられてきた。相手が女性アルファの場合は、作り物の男根を後ろに挿入してもらい、極まったところで、可愛がって大きくしてもらった茎を挿入するのだと……。

だが、男も女もいない。今はひとりだ。双方からの液でシーツはぐっしょりと濡れている。出てしまっても治まるどころか、クリストフの手の中の茎はまだぴくぴくと脈動を伝えてくる。乳首は腫れ上がったように赤くぷくりと育っていたが、クリストフの頭の中には、ただもっと刺激が欲しいということだけしかなかった。

アルファに可愛がられることしか教えられてこなかったから、ひとりの時、どうしていいかわからなかった。扱いても扱いても噴き出す白い液、指の腹で捏ねる乳首は、もう片方が「こっちも触って」とクリストフを責めてくる。そして、とろりとした液が湧いてくる後ろ——後ろに欲しい。自分の指を入れてみるけれど、とろとろに濡れているせいか刺激が緩くて、未消化な欲情が高まるばかり。

「やぁ、む、り……っ」

まったく手が足らないではないか。しかも身体全体も内部から疼いているのだ。クリストフは身を捩《よじ》り、金色の頭を振りたくった。

（これ、が、発情……？）

誰か助けて……っ。

勝手に燃え上がって淫らな刺激を欲しがる身体を、もうどうすることもできない。いっそ気を失ってしまいたい。辛い、苦しい。誰か、誰か――。

「アルベルトさま……っ！」

彼の名を呼んでしまったクリストフは、もっと深い欲情の沼に堕《お》ちた。今まで強い薬で抑え込んできた初めての発情は、我が身を引き裂いてしまいたいほどにクリストフを苛《さいな》んだ。触ってほしい。吸ってほしい、噛んでほしい、捏《こ》ねくり回して、かき混ぜてほしい。がむしゃらに茎を扱き、指を後ろに出し入れする。だが満足する快感は得られず、やがて呼吸も苦しくなってきた。

（な、に……この、かお、り……）

むせ返るほどの甘い花のような香り。それが自分のフェロモンだと気づく由もない。

「助けて、アル、ベルト、さま……ああ、ああ、ん――っ」

「クリス！」

「ああ……」

扉の前に、旅装束のままのアルベルトが立っていた。彼はマントと帽子を脱ぎ捨てると、クリストフの上半身をかき抱き、激しく唇を合わせてきた。

「んっ……」

「クリ、ス……」

どうしてここに？　などと考える心の余裕はなかった。彼が現れたとたんに甘ったるく息苦しかった空気に新たな匂いが混ざり込み、呼吸が楽になった。雄を思わせる濃いワインのような匂い。クリストフはただ、目の前のアルベルトに泣きながら縋り、重ねられた唇が離れる合間にせつない声を上げた。

「あ、ん……っ、もっと、もっと、舌を吸ってください……っ」

はだけた着衣からこぼれた乳首を無意識に彼の胸に擦りつけながら、クリストフは願う。

「こんなになって……苦しかっただろう？」

アルベルトはクリストフの着衣を暴きながら首筋を吸い上げ、熟れた乳首を指の腹で揉み込んだ。クリストフの身体は歓喜に震え、もっとと彼に密着する。

「アルベルトさま、アルベルトさま……」

「私に任せて……苦しいのはここまでだ。すぐに悦《よ》くなる。大丈夫だ」

「はい……」

アルファに身を任せて快感を得、その悦びを素直に表現すること――それは習ったが、どんなものなのかは知らない。だが、アルベルトに身を委ねることは、この上ない幸福だった。

「君が私の腕の中にいるなんて……夢みたいだ」

うわごとのようにアルベルトは呟く。それはどういう意味なのか訊ねることはできなかった。乳首を捏ねながら、アルベルトが茎を握り込んできたからだ。

「あ、あ……っ、いっしょ……っ、ああ――」

「こうされるのは好きか？」

全裸でまぐわっているとは思えないほどに優しく、優しくアルベルトは問う。

「すき……あ、もっと、もっと……っ」

緑の目に溜《た》まった涙がひとつぶ、乳首の上に落ちる。弾けて舌で舐め取られ、クリストフは声にならない声を上げた。

「――っあ……」

「なんて美しいエメラルドの涙だ。この世の宝石のどれよりも」

賞賛されて嬉しかった。クリストフの身体は今のように舌で触れられることを望み、恥じらいながらもくねってしまう。その中心にある茎は、完全に天を向いていて、その先からも涙のように雫がこぼれ始めていた。

ここに舌で触れてほしい。指も、唇も、そして舌も、アルベルトさまのすべてで触れてほしい。アルベルトさまのすべてを感じたい……。だが、その願いを口にすることはとても淫らに思えた。これまでだって、淫らなお願いをしているというのに。

「どうした？　泣きそうな顔をして」

「そんな、そんなの……っ」

クリストフは金の髪を乱しながら首を横に振る。アルベルトはうなずいて、あやすように唇にキスをした。

「では、私がこれから君をどんなふうにしても怒らないと約束して」

「お、怒るなんて……」

そこには期待と願いしかないのに。もっと悦くなりたい。アルベルトさまにこの身体をもっと愛されたい。怒るはずがない。

ふふっと楽しげに笑ったアルベルトの顔に、淫らな行為をしているということを一瞬、忘れそうになる。そしてクリストフは自分の膝が大きく割られ、そこにアルベルトの顔が沈むのを見た。

アルベルトさま！

望んでいたことなのに、それはクリストフの想像のはるか上をいく快感だった。根元から這《は》わされるアルベルトの舌が、両手の指で捧げ持たれた茎の先端をくるりと舐める。

「あっ、いやぁ、やぁ」

嫌ではない。怖いほどの気持ちよさに、そして宝物のように大切に扱われる幸福感で言葉が危うくなっている。クリストフはすらりとした脚をばたつかせたが、アルベルトは爪先にキスをして、そっと足首を押さえた。

「ここの雫も美しい……クリスはすべてが美しいのだな」

言いながら茎の中ほどから吸引され、雫はあとからあとからこぼれた。アルベルトは丁寧に雫を舐め取り、また茎を唇で吸引する。今度はさらに、もっと強く。

「んっ、気持ち、いい……い……っ、アルベルト、さま……っ」

「悦いならば私の口の中に——クリス」

乞うように、茎の根元にキス。茎を往復していた舌が、茎のもっと奥……とろりとした液で濡れそぼった秘所にまでも触れる。

「や、そこ、なに……っ」

自分でも見たことのないそこは、オメガがアルファを受け入れるところだ。知っている。知っているけれど。

「ここは、あとでじっくり可愛がろう……さあクリス」

「あ、あんっ……！」

唇できつく吸引され、クリストフは頭が真っ白になってしまう。出る……出てしまう

「……！」

「あああ――――っ」

想像もできない気持ちよさの中、放ったあとにクリストフが見たものは、何かを飲みくだすアルベルトの男らしい喉だった。ごくんと動き、親指で唇に残った残滓《ざんし》を拭う。

とても雄を感じさせる仕草だった。飲まれた恥ずかしさよりも、その仕草に目を奪われているうちに、また身体の奥から何かが湧き起こる。

「また大きくなったな、たくさん、出せばいい」

「ん……っ」

達したばかりの身体を労《いたわ》るような、優しいキス。だが、クリストフは物足りなくなって、自ら舌をアルベルトの唇に潜り込ませた。拙いキスを好きにさせながら、アルベルトは手のひらでクリストフの茎を扱いた。すぐにまた射精してしまう。その繰り返しだった。

教えられる快感――達し続け、失神寸前のクリストフを介抱するように、アルベルトは口から呼気を送り込んできた。

「クリス……アルファとオメガの交わりは、相手が誰でもいいものではない。私はそう思っている」

ふと、ほんの少し残った意識の隅に、ソフィアの顔が浮かんだ――クリストフはその幻影を追いやってしまう。アルベルトがどういう意味で言ったのかを考えることもできなかった。

やがて果ての見えなかった射精の嵐は雫を数滴落として終わった。クリストフは脱力してアルベルトの腕の中に倒れ込む。

まだ終わりじゃない。まだこれから先があるんだ。身体はまだアルファを、アルベルトを欲しがっている。本能がそう告げていた。

浅い息を吐くクリストフに、アルベルトは心配そうに顔を寄せる。

「無理をさせたか……？　少しは治まったか？」

「い、や……」

クリストフは目に涙を溜めてアルベルトの胸に縋った。どくどくと伝わる心臓の音に安心する。こんなに近くにいるのだと思うと愛しくてたまらない。

「まだ……まだ、やめないで」

愛しいとはどういう意味なのか。クリストフにその感情を教える者はいない。ソフィアとも、ジークフリートとも違う、その愛しさを。

「ここに、くだ、さい……」

自らアルベルトに脚の奥から垂れるとろりとした泉を指す。

「男のオメガは、必要であれ、ば……ここで受け入れるのだと習い、ました……欲しいんです……から、だが言うことを聞かないんです」

助けて……クリストフはアルベルトの顔を見上げた。

「必要などという言葉は使うな」

アルベルトは黒い目を曇らせていた。ああ、どうしてそんなに哀しそうな顔をしているの……？

「それは、互いの心と身体で求め合うものだ」

「求め……？」

「そうだよ、可愛いクリス」

アルベルトは笑ってくれた。くすぐったいキスを顔中に降らせながら。

「求め合うとは、互いに欲しいということだ。そして私は君が欲しい。それがこの世で許されないことであったとしても……私が、君をきっと守るから」

——ああ、僕たちは男同士だった……。

この世界では、それは神話の教えに背いた罪として、死をもって償うことを意味する。だが今のクリストフにとって、それはアルベルトへの欲情と、彼の腕の中にいる幸福感に比べれば小さなことに思えた。欲しい、欲しいですと、キスを返す。

「必ず、守る」

きっぱりと言い放ち、アルベルトはクリストフをうつ伏せに横たえた。うなじから天使の羽のような肩甲骨のかたちを辿り、爪先までキスが滑る。もう、全身がとろけてしまいそう……甘い幸福感の中で、クリストフは腰のくびれを持ち上げられるのを感じた。そして、とろとろの秘所に舌が添えられるのを。

「あっ……ああ、……」

アルベルトの指先が入り口を探り、潜り込んでくる。舌先でとろとろの蜜を掬《すく》われる。クリストフはシーツに顔を擦りつけた。

「あっ、もう……溶ける……溶けてしまう……ん、ん、あぁ――」

「君の身体はもう、なかまで柔らかくて、私を受け入れる準備を整えてくれている。だが、もう少しこうさせてくれ……」

可愛い、綺麗だと、クリストフの尻を摑んでいた指に力がこもってくる。そして、一旦指を咥《くわ》え込んだクリスの隘路《あいろ》は、離すまいとしてなかへ、もっとなかへと引き込もうとする。

「ああっ、からだの、なかが、うごいて……っ」

「クリス……っ！」

アルベルトが叫ぶように声を発したのと、身体を引き上げられ唇を塞がれたのは同時だった。そして、彼の雄がクリストフのなかに吸い込まれたのも。

「クリス……連れていかれそうだ……連れていってくれ、私を……」

腰を押しつけて揺さぶりながら、アルベルトが呟く。今までより、少し苦しそうな声で。

「ああ……入ってくる……アルベルトさま、吸い込んでしまう、……どうして、どうして？」

容赦なく大きくなっていくアルベルトを、クリストフのなかの路《みち》が襞《ひだ》でいざなうように奥へ奥へと吸い込んでいく。やがてそれ以上進めなくなっても、アルベルトはクリストフを揺さぶることを止めなかった。

これが、アルファのものを受け入れたオメガの悦び……もう声すら出ない。息で喘ぎながら、クリストフはたとえようのない快感と多幸感に溺れていた。

だが、中には苦痛しか得られない交わりもあることを、エーリヒがいつもクリストフを脅していたことが、本当にあるのだということを、クリストフは知る由もなかった。今、知る必要などなかった。クリストフは身体も心も絶頂のさ中にあった。

アルベルトに抱かれて。

やがて、アルベルトは固さも熱さも衰えないままに、クリストフのなかに放った。なかが幸せな温かさで満たされていく……これ以上昇ったら、僕はもう天国へ行ってしまうんじゃないだろうか……。

「——守るから。その日はもうすぐだから」

抜かず、精液があふれるクリストフのなかをかき混ぜながらアルベルトは呟く。とろけてしまったクリストフの耳に、その声は届かなかったけれど——。

「ん……」

鼻から抜けるような自らの甘いまどろみの声で、クリストフは薄く目を開ける。シーツの右側にぱたんと腕を落とすと、確かにそこにあったぬくもりがまだ残っていた。

(アルベルトさま……戻られたんだ……)

全身に残る甘い気怠さ。キスの感触、身体のなかはまだアルベルトのかたちに開いたままのように思える。昨夜彼と何をしたのか。身体は覚えているのに、現実の諸々については頭も心もまだ目覚めてはいなかった。

「クリチュー、あしゃだよ!」

その時、ジークフリートの元気な声がして、なんと扉が威勢よく開けられてしまった。

「おねちゅ、なおった?」

(ジー!)

現実が向こうから元気いっぱいにやってきた。クリストフはシーツをかき寄せてしどけない身体を隠し、行為の余韻が残るベッドに身体を押しつけた。残っていたアルベルトの体温に触れただけで、身体の奥がずくんと疼く。

「ジークフリートさま、いけません！　クリストフさまはまだお休みで……！」

聞き慣れない女性の声が追いかけてくる。彼女はジークフリートが扉を開けてしまったのを見て「ああっ、申しわけありません！」と深く頭を下げたかと思うと、ばたばたと抵抗するジークフリートをぎゅっと捕まえた。やはり、初めて見る顔だった。

「やーん！　クリチュおっきなの！」

「ジークフリートさま！」

「あの……大丈夫ですから、ジーをこちらへ」

彼女は一礼してジークフリートを床に下ろす。ジークフリートはにこにこしながら寝台の側にやってきた。

「昨日はありがとうね、ジー。ごめんね、今日ね、もう少しねんねしていたいんだ。いいかな？」

シーツに包まったままクリストフが頭を撫でると、ジークフリートは目を見開いた。起きられるものならば起きるけれども、身体が言うことを聞かないのだ。

「クリチュおてて、あつい……」

はっとジークフリートの顔色が変わる。そして、緑の目にみるみる涙が溜まっていった。

「クリチュ、おねちゅ、なおってない！」

昨日の今日で、ジークフリートはさらに心配になってしまったようだ。今日は熱が下がっていると思っていたのだろう。わーんと泣き出し、しゃくり上げながら訊ねる。

「クリチュ、びょーき、なったったの？」

「ジー、あのね、病気じゃないから安心して」

とは言うものの、ひどい風邪《かぜ》をひいた時よりも怠いし、熱っぽい。身体が疼いているから、堪えようと息も浅くなってしまう。

「ジーさま、クリストフさまをごゆっくり寝かせてさし上げましょうね。エリザがあとで、おやつにりんごのパイを焼きますよ」

さすがに弱ったクリストフの様子に、りんごのパイも効いたのか、ジークフリートはくすんくすん言いながら、エリザと名乗った女性に抱っこされた。

「クリチュ、おやちゅみなしゃい……」

「いい子だね、ごめんね、ジー。りんごのパイ、楽しみ、だね」

何もないふりを装うのも限界だった。エリザとジークフリートが部屋を出ていき、クリストフはふーっと深く息をついた。

（発情が、まだ引いていないみたい……？）

考えていたら、扉がノックされた。

「クリストフさま、先ほどは失礼いたしました。エリザと申します。今、お部屋に入ってもよろしいですか」

「どうぞ」

彼女はおそらくオメガだろう。この状態を察していてくれるのか、雰囲気が温かくて優しい。

「改めて、アルベルトさまに仰せつかり、しばらくクリストフさまのお身回りのお世話をさせていただきます。私はユージンの妻ですので何もお気になさらず。どうぞご安心を」

エリザはエプロンドレスを摘まんでお辞儀をした。澄んだ柔らかい声が耳に心地よい、褐色の髪と瞳をした女性だった。

えっ、でも……？　クリストフは訊ね返さずにはいられなかった。

「ユージンの、奥さんなのですか」

「はい」

エリザは明るく答える。だが、ユージンはベータだ。

（でも、彼女はオメガじゃ……？）

同性同士の交わりだけでなく、バースを越えての婚姻も禁忌だ。

（どうして……）

不思議に思うと同時に、昨夜のアルベルトとの行為も大罪であることを、クリストフはまざまざと思い知った。

僕はなんてことを……僕が発情してお情けをいただいたばかりに、アルベルトさまを罪に引き込んでしまった……。

「あまりお話しされるとお辛いでしょう。すぐにお着替えをお持ちいたします。朝食はもう少しお休みされてからになさいますか？」

エリザに優しく問いかけられ、クリストフは我に返る。

「いいえ、朝食は着替えのあとにいただきます。何か食べやすいものを……それと、飲み物を用意していただけますか」

こうして話している間にもアルベルトのことを考えただけで、全身、じわりと汗をかいて夜着が湿ってしまう。

（夜着？）

エリザが部屋を出ていき、ふと考える。汗と体液で濡れそぼっていた身体は拭き清められ、夜着をまとっていた。まったく覚えはないのだが……。

もしかしてアルベルトさまが？　それともエリザさんが？　いや、シーツにぬくもりが残っていたからきっとアルベルトさまだ。

恥ずかしさと共に、王子にそんなことをさせた自分が恐ろしくなる。それ以前に僕たちは大罪を……。

クリストフは混乱しそうになっていた。加えて、アルベルトを思うたびに、身体の奥がずくんと疼く。

（アルベルトさまのことを考えるとこんなふうになってしまうなんて……）

一度の交わりでは身体が満足しないのか。それが発情というものなのか？　習った『床入り』の書には『発情が治まるまで、何事にもアルファに身を委ねること』としか書いていなかった。

やがて着替えを携えてエリザが現れ、クリストフが恥ずかしくない程度に着替えを手伝ってくれた。

「あの、エリザさん」

「エリザとお呼びくださいませ。なんでございましょうか」

「あの、しばらくの間、お世話してもらうって……」

「クリストフさまのお身体の状態が元に戻るまでですわ」

彼女は簡潔に答えた。やはり、発情が治まるまでということか。

その後に持ってきてくれた朝食はジュレやポタージュなど、喉ごしがよく、量も配慮されて食べやすいものばかりだった。また、いつでも水が飲めるように、清涼感のあるハーブを浮かべた大きな水差しが用意されていた。そして頭を冷やす冷たい布まで……本当に、クリストフの今の状態をよくわかってくれている。やっぱり彼女はオメガだと思う。

「では、ごゆっくりお休みなさいませ」

てきぱきと働き、彼女が部屋を出る。献身的で速やかな世話のおかげで、気怠さは残るものの気分はよくなっていた。

ジーはりんごのパイ、食べたのかな。エリザが作るものならきっと美味しいだろうな……。

そんなことを思い、ふふっと笑顔になれる。だが、その状態は長く続かない。

(アルベルトさま……)

やはり考えずにいられないのだ。それが自分の身体を甘い疼きへ追い込むとわかっていても。

いつ頃、部屋を出られたのだろう。僕はその間、ずっと寝ていたの?

眠る頬に、アルベルトがキスしてくれている絵がふと浮かぶ。

「あ……っ」

それは独りよがりな想像にすぎないのに、クリストフの茎は芯を持って震える。

今日は謁見日だ。希望者が多いので、アルベルトは朝早くから彼らに応じている。ゆっくりと抱き合ったままで朝を過ごすことなどできないのだ。それに、亡くなった妾妃の兄の寝室から出てくるところを誰かに見られなどしたら、大変なことになる。

この時初めて、クリストフは彼の腕の中で目覚めたかったと自分を認めた。

(僕はなんてことを……)

オメガはアルファを悦ばせねばならないと教えられてきた。それなのに、実際はこんなにも違うのだ。それとも僕だけだろうか？　アルファに快感や癒やしを求めてしまうなんて……。

でも——。

アルベルトさまにもう一度触れられたい。

「んっ」

クリストフは自己主張して勃ち上がった茎に触れた。アルベルトに触れられた感覚を思い出し、指で柔く、そして強く自らを弄る。

「ああ……んっ、アルベルト、さま……」

声を抑えるためにシーツを噛む。くぐもった喘ぎを漏らし、クリストフは一心に、昂ぶる身体をなんとかしようとした。

だが、本当の交わりを知ってしまった今となってはそれで満足が得られるはずはなく、クリストフは泣き、弄り、そして耐えた。声を殺して泣いたせいで、喉はからからで、ハーブ風味の水が染みわたった。

（アルベルトさま、お顔が見たい……）

彼はもう来ないだろう。少なくとも、発情が治まるまでの間は。あれは一度きり……彼は、二度と大罪に手を染めることはしない。結局、僕が誘惑してしまったんだ……。これからも避けられるかもしれない。

（アルベルトさまは、この国の次の国王なんだから）

自分は王子といえど、国を捨ててきた身。彼は違うのだ。そう思うと哀しくてまた泣けた。発情中は心も不安定になるのだろうか、涙が止まらない。身体の疼きも止まらない。

やがて心に限界がきた。エリザが作ったりんごのパイを食べたら、ふっと気が緩み、クリストフを救うかのように睡魔が訪れた。

『こおりのしたにはふたつのおたから
あまいにおいのおはなと　そしてまほうのおくすりと
どこにあるかは　オーロラさんにきいといで……』

誰かが繰り返し歌っている。低く、心地よい声で。いざなわれるように、クリストフはゆっくりと目を開けた。

「ア、アルベルトさま！」

だが一瞬で目が覚めて、大きな声が出てしまった。淡いランプの灯りの中、アルベルトが寝台のすぐ側に座っていたからだ。

「気分はどうだ？」

彼はそれはそれは優しい表情で訊ねてきた。つい先ほどまでは深く眠っていたというのに、クリストフの鼓動は急に跳ね上がった。

「あっ、あのっ、その……」

焦るクリストフにアルベルトは目を細めて微笑《わら》った。

「もっと早く様子を見に来たかったんだが、遅くなってしまった。昨夜は無理をさせたのではないかと心配だった」

じっと見つめられ、屈んで顔が近づいてきたかと思うと、額にキス。そしてアルベルトはクリストフの腕を取って手の甲にくちづけたあと、自分の頬に押し当てた。

しばらく現れないだろうと思っていた人が、今、目の前にいる。幻じゃない。唇を当てられたところは発火しそうになっていた。

「花の香りが強くなったな」

「だ、だってアルベルトさま……！」

あなたがそんなふうに触れるから。言えなかったけれど、クリストフは目で訴えていた。

「君は本当に可愛いな」

その目元にまた啄《ついば》むようなキスが降る。

「そっ、そんなことを言われたのは、初めてです。可愛げがないと、いつも兄から……」

「私が何度も言っただろう？」

「……！」

甘い罠に落とされてしまった。昨夜のことがよみがえり、クリストフは少し震えた。焦って身体を疼かせているのは自分だけで、アルファとはこれほどに余裕があるものなのかと、オメガとの違いを身をもって知る。

そして、アルベルトは今ある状況を説明した。大体、エリザから聞いた内容と同じようなことだった。

「エリザとユージンのことは信頼していい。私たちがこうなったことを知っているのは彼らだけだ。だから、何も心配せずに発情が治まるまでゆっくりと過ごせばいい。さすがに、ジーには会わせられないが」

ジークフリートは今、以前から懐いている女官が見ていて、エリザの作るパイに夢中になっているらしい。うん、本当に美味しかったもの……。クリストフは表向き、風邪をこじらせたことになっているのだという。

四人だけの秘密。当然だ。男同士でバースも越えて交わってしまったのだから。

「あの、アルベルトさま」

訊ねようかどうしようか迷って、クリストフは言葉を探した。そもそも、自分が聞いていいいことなのかどうか。

「エリザのことか？」

クリストフの考えを察し、アルベルトは答えた。

「そうだ。おそらく君は気がついているだろうと思っていたが彼女はオメガだ。ユージンとは、バースを越えて結ばれている」

「でっ、でも、それは……」

「知っているのは私だけだ――そして、この世の禁忌に苦しめられている者は彼らだけではない」

アルベルトは眉間を険しく歪《ゆが》ませていた。彼のこんなに苦しそうな顔は見たことがない。

クリストフは以前、ユージンが語ったことを思い出していた。

――アルベルトさまには言い尽くせないほどの多大なご恩があります。

あれは、つまりそういうことだったのか……。

そうか、愛する者同士が結ばれてはいけないということを、アルベルトさまは憂いているんだ……。

（もしかしたら、前に聞いた、大罪から人々を解き放つということも……？）

クリストフは理解した。あの時は「企んでいる」などと言っていたが、彼が解き放とうとしているものは、この世の禁忌なのかもしれない。ユージンと共に。苦しんでいる人々を救うために。

そういえば二人は時々、アルベルトの私室でも話し込んでいることがある。ヒーメルのことだと思っていたけれど、きっとこの件も……。

だが王子として、それはとても厳しい立場に追いやられることではないだろうか。

「アルベルトさまは、本当にお優しい方なのですね」

「急にどうした？」

アルベルトは険しかった表情をほころばせる。覗き込んでくる黒い瞳は夜空のようで、見つめていると深く吸い込まれてしまいそうだった。

そうして、この人の一部になってしまえたらいい……。

下腹がきゅっと疼くのを感じながら、クリストフは答えた。

「僕にも、お情けをくださって……」

「そうではない。君の香りに惹きつけられたのは私だ」

少しだけの沈黙。そして二人は、どちらからともなく唇を重ね合わせてしまった。

「んっ……」

舌と舌が絡まり合う。

「ん、きて……もう一度だけ、ください……っ、あ、んっ……」

舌を吸われる合間に願いを告げ、クリストフはアルベルトの首に腕を回していた。逞しい身体が、シーツ越しに覆い被さってくる。

「ごめんなさい、ごめ……」

「なぜ謝るんだ。君のことは私が守ると言っただろう」

語尾が互いの唇の中でとろけてしまう。長いくちづけのあと着衣を解くのももどかしく、二人は互いに沈み込んでいった。

これで終わり、これで最後だから――。

だが、クリストフの思考はとろとろに溶けて、もう何も考えられなくなってしまう。


そうして、二人は「罪」を重ねていった。発情はなかなか治まらず、クリストフの身体はアルベルトを欲しがってしまう。頭ではいけないことだとわかっているのに……。自分を責めながら、抗えない自分に腹が立つ。アルベルトの顔を見ると、タガが外れてしまうのだ。

夜、二人は濃密に抱き合い、アルベルトは早朝にクリストフのもとを去る。昼間、クリストフは気怠い身体を休め、時にアルベルトを待ちきれずに自分を弄ってしまうこともあった。僕はこんなに淫らだったんだ……。クリストフは自分が信じられなかった。

一方、丁寧に世話をしてくれるエリザには気を許せるようになり、エリザもまた、ユージンと自分のことを語ってくれた。

「この国では、幼少の頃から、優れたベータの子どもが選ばれて、王家の子どもの臣下となる慣習があります。ベータの中にも、古くから王家の臣下を務めてきた名門の家系があるのです。ユージンはそんな家の子息、そして私は、お屋敷の使用人の娘でした」

「幼なじみだったの？」

「そうですね、そんな感じです」

頬を染めたエリザは少女のようで、クリストフは「可愛いな」と思う。

「いつしか私はユージンに恋心を抱くようになりました。ですが、身分違いの上に、越えてはいけないバースの壁があって……でも、ユージンはその壁を乗り越えてきてくれたのです」

そうしてエリザは身篭《みご》もっていることを知る。ユージンは禁忌を犯してしまったことをアルベルトに告白し、側近を辞そうとした。

『私のもとを去って、これから、どうするつもりなのだ？』

『二人でどこまでも逃げます。エリザと別れることは考えられません。子どもも諦めません』

『もし見つかれば、待っているのは死だ』

『わかっています。ですが……！』

POSTCARD

STAMP HERE

101-8405

東京都千代田区
神田三崎町2-18-11

二見書房
シャレード文庫愛読者 係

通販ご希望の方は、書籍リストをお送りしますのでお手数をおかけしてしまい恐縮ではございますが、**03-3515-2311までお電話くださいませ。**

<ご住所>

<お名前> 様

<メールアドレス>

＊誤送を防止するためアパート・マンション名は詳しくご記入ください。
＊これより下は発送の際には使用しません。

TEL	職業／学年
年齢　　代	お買い上げ書店

Charade愛読者アンケート

この本を何でお知りになりましたか？

1. 店頭　2. WEB（　　　　）　3. その他（　　　　　　）

この本をお買い上げになった理由を教えてください（複数回答可）。

1. 作家が好きだから（小説家・イラストレーター・漫画家）

2. カバーが気に入ったから　3. 内容紹介を見て

4. その他（　　　　　　）

読みたいジャンルやカップリングはありますか？

最近読んで面白かったBL作品と作家名、その理由を教えてください（他社作品可）。

お読みいただいたご感想、またはご意見、ご要望をお聞かせください。

作品タイトル：

ご協力ありがとうございました。
お送りいただいたご感想がメルマガに掲載となった場合、オリジナルグッズをプレゼントいたします。
HPのご意見・ご感想フォームからもアンケートをご記入いただけます ➡

『おまえはエリザと子を死なせてもいいのか』

逃げずに生きることを考えろ。幸せになることを考えろ。アルベルトはそう言ってエリザを匿《かくま》い、二人で暮らせるようにしてくれたのだという。

「私にはもう身寄りがなかったので、周囲にはベータだと偽って。私が守るから幸せになりなさいと言ってくださったんです。それなのにアルベルトさまは、バースを偽らせてすまないとおっしゃって……」

エリザはそっと涙を拭う。

「本当に、アルベルトさまはお優しい方です。私がこんなことを申し上げるのは僭越《せんえつ》ですが、人の痛みがおわかりになるというのでしょうか……」

「……そうだったんだ」

クリストフは静かに話を受けた。じゃあきっと、ソフィアのことも大切にしてくれたのだろう。だから、オメガだからという理由で妾妃を遠ざけたとは、今では考えられない。

(本当に、もう逝ってしまったのだろうか)

ここ最近、ひたひたと押し寄せることが多くなった思い。そのたびに(そんなことはない)と否定する、その繰り返し。

「エリザはソフィに会ったことはある?」

ふと、クリストフは訊ねてみた。花を活け替えていたエリザは、顔をこちらに向けた。

「はい、ご出産の時にお世話をさせていただきました。ジーさまとお二人を」

「そうなんだ！　ありがとうね、ソフィにもよくしてもらって」

「そんな、お礼の言葉をいただくなんてもったいないことですわ」

話はそこで終わってしまう。エリザは再び花器に向かい、手を動かす。その横顔が少し緊張しているように感じるのは気のせいだろうか。会話の流れでソフィアの話になるかと思ったけれど——。

（彼女は何か知っているのかもしれない）

聞いてみようか……一瞬、頭を掠めた思いを、だがクリストフは即座に打ち消した。エリザは大恩あるアルベルトが黙っていることをみだりに口にしたりしないだろう。それに、こそこそ詮索する行為はしたくなかった。エリザを試すようなこともしたくない。クリストフは笑顔で話題の方向を変える。

「僕のお世話に来てくれていて、赤ちゃんはどうしているの？」

ふっとエリザの表情が曇る。クリストフはとっさに悟った。

「あの……ごめん。考えなしだった」

「いいえ……お仕えしている方の前でこのように涙を見せる私がいけないのです。赤ちゃんはお腹《なか》の中で育ちませんでした。でも、ユージンはそれこそ諦めずにいようと言ってくれています。そんなわけですから、恐れながら、お生まれになった時からジーさまが愛しくてならないのです」

うん、とクリストフは穏やかにうなずいた。

「たくさんの人に愛されて、ジーは本当に幸せだね」

自分ばかりがいろいろと不自由で不幸せだと思っていたけれど、そうじゃないんだ。心の痛みに耐えながら、生きている人たちだっているんだ……。

エリザやユージンにとって、アルベルトの存在はどんなに心強いものだろう。彼という、大きな翼に包み込まれるような。謁見に来た人たちの話もひとつひとつ真剣に聞き、少しでも彼らの願いがかたちになるように心を砕いていると聞く。

(僕も、そうやって守られているひとりなんだ……)

彼のことを思っても、ここ数日のようにあまり身体は熱くならなかった。気づけば穏やかにアルベルトの名を聞き、思うことができるようになってきている。

そうして、熱が引くようにクリストフの発情は治まっていった。ただ、心と身体に甘やかな軌跡を残して。


「クリチュ、なおった!」

クリストフが床上げして、ジークフリートはお祭りが来たかのように身体中で喜びを表した。クリストフの周りを、バンザイしながらぴょんぴょん飛び跳ねている。

「わーい！」

「ごめんね、心配かけて」

抱き上げると、今度はキス攻撃。こんなにも自分がただそこにいることを嬉しいと思ってくれる存在があるのだ。クリストフはその幸せを噛みしめる。

「しんわのかみしゃま、クリチュげんきにちてくれて、ありがとなの」

いつも寝る前にお祈りしておられたんですよと女官に聞き、クリストフは涙腺崩壊してしまった。

「ジー！」

本当は、許されない欲情に耽《ふけ》っていたのだ。君が淫乱なのではない、これはアルファとオメガの性なのだとアルベルトは言ってくれたが……。

「あっ、とーちゃま」

ジークフリートの弾んだ声に、クリストフは一瞬、身を強張らせてしまった。発情が治まってから、ジークフリートの前でアルベルトに会うのは初めてだ。どんな顔をすれば……平静を保とうと思えば思うほど、表情が硬くなってしまう。

一方、ジークフリートは大好きな二人が久しぶりに揃《そろ》ったので、嬉しくてたまらない。

クリストフの抱っこから下りてアルベルトに駆け寄ると、満面の笑みで報告した。

「あのね、あのね、クリチュなおったの！」

「ああ、これからはまた一緒に遊べるぞ。だけど、無理させちゃだめだぞ」

「むり？」

ジークフリートはちょこんと首を傾げる。

「クリスが、はあはあ言って、疲れないようにってこと」

アルベルトはひとさし指で、ジークフリートの鼻先をちょん、とつつく。

「ジー、むりちないよ！」

それじゃ逆だろう。アルベルトは声を上げて笑う。親子の微笑ましいやりとりを、クリストフは少々硬い笑顔で聞いていた。そして、アルベルトはゆるりとクリストフを見る。

発情は治まったはずなのに、クリストフの心臓はどきんと大きく鳴った。

王子のガウンをまとった彼はいつものように立派で、端整で……その衣服の中にある身体を、自分はもう知ってしまったのだ。肌を寄せると甘くなる声も吐息も、優しく啄むキスも、濃密な舌の動きも、すべてを。

「こんなにも君のことを待っていたんだな。また、一緒に遊んでやってくれ」

アルベルトはいつも通り悠然としていた。顔色ひとつ変えず、心の揺れも感じさせることなく、あの激しい数日間が嘘だったのではないかと思えるほどに。

「はい、僕もジーが恋しかったです」

それは心からの思いなのに、まるで戯曲の台詞を読んでいるかのように感じられた。

（あたふたしてるのは僕だけ……か）

僕は何を期待して、意識していたんだろう。クリストフは、憎らしいほどに平然としたアルベルトを見た。視線が合うと、ふっと優しく目を細めてくれる。だがそれは、本当はありがたいことなのだ。

自分たちは大罪を犯してしまった。何かあったことを周囲に絶対に知られてはならない。バースを越えての交わりよりも、同性同士の方が罪は重い。しかも、自分たちはその両方を破ってしまった。

（アルベルトさまの「企み」はいつ成就するのかわからない。その日まで、僕もアルベルトさまに迷惑かけないようにしっかりしないと）

だから、心に芽生えたものに名前をつけてはいけない。次の発情は絶対に抑えなければ。僕はまたきっとアルベルトさまを求めてしまう。そこに愛情と呼べるものがなくても、自分たちの間に惹き合ってしまう何かがあることに、クリストフは気づいていた。

「クリチュ、あしょぼ！」

ジークフリートがつないできた手を、クリストフはぎゅっと握った。このぬくもりを守るためにも。

次の発情を抑えるためには、とにかくもっと強い抑制剤が必要だ。

グリンワルドのものは、ハルネスの強い薬に慣れた身体には効果が得られなかった。

（その反動で、タガが外れてしまったんだ）

だが、これまでの薬はハルネスに戻らねば手に入らない。そっと戻って、手に入れてくるしかないか。なんとかゼアと連絡を取れないか……。

（だめだ）

クリストフはプラチナの髪をぐしゃぐしゃとかき乱した。二度と戻らないと言って国を飛び出したのだ。兄に見つかればゼアもただでは済まないし、今度こそ自分は闇の捧げ物として、どこへやられるかわからない。そんなのは絶対に嫌だ。

アルベルトさまと違う男に抱かれるなんて。しかも性の玩具にされてしまうなら、舌を噛んで死んだ方がましだ。いや、死ぬ気で逃げ出して、兄上の手の届かないどこかへ……。

違う。

クリストフははっきりと思った。

どこでもいいんじゃない。僕はここにいたいんだ。アルベルトさまとジーの側に。ソフィの縁があるここに。

髪を乱していた両手を下ろし、クリストフは立ち上がった。そのまま衣装部屋へと向かう。

衣装部屋には、ソフィアが使っていたものが収められた箱がある。アルベルトがまとめておいてくれたのだが、見てしまったらソフィアの死が現実になってしまいそうで今まで一度も開けたことはない。そのびろうど張りの箱を、クリストフは静かに開けた。

ギイッと蝶番《ちょうつがい》の軋《きし》む音がして、虫除けのハーブの香りが漂う。中には、ドレスや髪飾り、化粧道具、本などが入っていた。

（もし、わずかでも残っているならばきっとここに……）

底の方を探ると、小さな箱が出てきた。その中には薄紙で包まれ、しっかりと封をされたものがいくつか入っていた。

あった……だが、開けてみたそれは、クリストフが求めていたハルネスの抑制剤ではなかった。抑制剤は白い粉だ。この禍々《まがまが》しい赤色のものは――。

「ラルーカ……！」

クリストフは思わず声に出していた。

ラルーカとは北の果てに住む民族の言葉で、「幸福」という意味だ。もともとはオメガたちが、虐げられる生き方をアルファに擬態することで改善しようとして作られた民間薬だった。それが飲み続けられるうちに、アルファの男児を妊娠しやすくなることがわかり、ハルネスではオメガたちに乱用されてきた薬だった。

貴族たちの愛妾になることが決まると、オメガは抑制剤に変えてラルーカを飲む。だが副作用が強く、まさに諸刃の刃。アルファの子を産むという「幸福」の代わりに身体が蝕《むしば》まれ、命にも関わる。とても致死率の高い薬なのだ。

その解毒ができるのは、一年中溶けない氷の下に咲くという幻の花、「ディレンカ」のみと言われている。クリストフもディレンカは見たことがなかった。極寒の地で危険を冒してまで採掘することはないと、もう何年もディレンカは用いられていない。それはラルーカを飲んだオメガたちを、捨て置くということでもあった……。

ハルネスに生まれたオメガは、幼い頃からラルーカを「アルファの子を産んで幸せになれる魔法の薬」として教えられる。オメガにとって魔法の薬とは、ラルーカのことだった……だからこそ、あの子守歌が救いのような気がして、歌い継がれてきたのだろう。

貧しいオメガの美しい子どもたちを買い取って養子にする。そして愛妾として送り込み、幸福の薬だと言ってラルーカを飲ませる。飲まないという選択はなかった。アルファの子を産めなければ、結局、用なしとして追い出され、娼館で身体がすり切れるまで働かされるのだ。

貴族の間ではそうして乱用されていたが、王宮ではさすがに危険な薬として、持ち込むことを禁じられていた。そのラルーカをソフィが持っていたなんて……。

アルファの王子を産むようにと兄上が持たせたのか。なんてひどいことを……飲めばどうなるか知っていたはずなのに。

残酷な現実に、クリストフは打ちひしがれる。

ソフィは飲んだんだ……この薬を。きっと兄上にさんざん脅されて追い詰められたんだ。何も知らなかった――知っていたら、なんとしてでも行かせなかったのに。

(衰弱していったって……アルベルトさまが言っていた症状は、ラルーカの副作用のことだったんだ……)

そう思うと涙があふれた。だからこそ、アルベルトさまは原因がわからなくて、ああ言うしかなかったんだ。

初めて、ソフィアは本当に死んでしまったのだとクリストフは受け止めた。ラルーカを飲んで、無事でいられるはずはない。ソフィアは自分の国の薬に殺されたのだ。

(バカだな……。アルファの子でなくても、アルベルトさまはきっと慈しんでくださったに違いないのに)

ラルーカの入った小箱を携え、クリストフは衣装部屋を出た。そして、グリンワルドの粉薬に混ぜてみた。オメガ性を抑え込む薬だから、これで効果は期待できるはず……。

だが、水のグラスを手にしながら、クリストフはどうしてもその混ぜ薬を飲むことができなかった。副作用のことを思うと、寸前で身がすくんでしまったのだ。

(きっとソフィだけじゃない。今までエーリヒ兄上から差し出されてきたオメガたちも、ラルーカを飲まされていたんだ……故郷のために)

いとこや、エーリヒの妃に縁の者たち、王宮にいたオメガの顔が浮かんでは消えていく。

ラルーカのことは知っていたはずなのに、いざ実物を目にしたら一気に現実と恐怖が隣り合わせで押し寄せてきた。

「何が魔法の薬だよ……」

アルベルトさまはソフィがこの薬を飲んでいたことを知らないだろう。それで、アルファのジーを授かって……。

やりきれなさが募る。わかってる。アルベルトさまは何も悪くない。もし知っていたら、ラルーカなど捨てさせただろう。ジーがアルファでなくても、今と同じように慈しんだだろう……でも、でも……。

ラルーカの名が示すように、幸福なのはアルファ男児を授かった家の者だけ。オメガの幸福はどこにもない。

でも、ソフィはアルベルトさまに大切にされていたんだろうな。ひとときでも穏やかで幸せだっただろうな。そして——。

(アルベルトさまは、今も正妃を娶らないほどに、ソフィを愛していたんだ)

――きっと今もソフィのことが忘れられないんだ。

それはソフィアにとって幸せなことなのに、死んでしまった妹に嫉妬めいたものを感じている自分を、クリストフは身を切り刻まれるように思い知っていた。

3

「クリチュー、こっちきてー！　こっちこっち、はやくきて、にげちゃうのー」

王宮の庭では、今日もジークフリートの元気な声が響いている。ジークフリートは「ちゅてきなもの」を見つけたらしく、クリストフにそれを見せたくてうずうずしていたのだった。

「ジー、あんまり木立の中に入ったらだめだよ」

クリストフはジークフリートの背中に呼びかける。中庭から続く木立に入ったとたん、葉や枝に覆われて、辺りは急に暗くなる。もちろん、ならず者共が忍び込むことなどないように、庭には警備兵たちが配置されているが。

ソフィアの死を確信した日から、クリストフはジークフリートを見るたびにどうしようもないやるせなさに囚われていた。ソフィがラルーカを飲まなければ、ジーは生まれなかったかもしれない、ソフィは今も元気だったかもしれない。だが、それは秤にかけられることではない。僕は今、目の前にいるジーを愛しているから。ソフィが命がけで産んだ子だから。ただ、心にはずっともやがかかっている。

それは、アルベルトに対しても同じだった。やるせなさというよりも申しわけなさ。あんなに反発して、責任転嫁して、それでも彼はすべて受け止めてくれていたのだということが、痛いほどにわかる。

（アルベルトさまに、ちゃんと謝らなくては）

だが、そうするとラルーカのことを話さねばならない。ヒーメルだけでもグリンワルドに迷惑をかけているのに。アルベルトはラルーカのことを放っておかないだろう。これ以上、彼をわずらわせたくはなかった。

「クリチュ、まあだ？」

考えごとをしていたから遅れてしまい、焦れたジークフリートに催促される。

「ごめんごめん」

クリストフがジークフリートに追いつくと、トネリコの木の根元にうろがあって、そこではリスが二匹、口を忙しく動かしながら木の実を齧《かじ》っていた。

うろの中には落ち葉が溜まっており、リスたちには素敵な寝床に違いない。微笑ましい小動物の姿に、クリストフも思わず顔をほころばせた。

「可愛い！」

「ちゅてきなおうちね」

「そうだね」

ジークフリートに合わせて、屈み込もうとした時だ。

「クリチュ！」

クリストフは突然背後から何者かに羽交い締めにされた。一瞬、何が起こったのかわからなかったが、ジークフリートの声で我に返った。

「誰か……っ」

叫んだ口を手で塞がれてしまう。抵抗して手足をバタつかせるが、拘束する力は強く声も出せない。ゴツゴツした腕は男のものに違いなく、そのまま引きずられるかたちになってジークフリートが足にしがみついた。

「はなしぇっ！」

(ジー、だめっ！)

必死で声を出そうとするが、より強く押さえられ、呼吸まで苦しくなる。

「このガキ！」

曲者は、あろうことか王子をガキ呼ばわりした上に足蹴にした。ジークフリートは地面にごろんと転がってしまう。

(ジー！)

子どもになんてことを！　誰か、誰か来て！　ジーが！　警備兵はどこ？

クリストフは必死に暴れ、羽交い締めから逃れたが、腕を掴まれたかと思うと、頬を張られた。ジークフリートは果敢にも泣かずに、中庭に向かって駆け出していく。クリストフは男の肩に担ぎ上げられ、完全に身体の自由を奪われてしまった。

いったい何を……！

恐怖が押し寄せ、身体が強張っていく。クリストフはそのまま、庭師の小屋に連れ込まれた。

「ソフィア……探したんだぜ。こんなところにいたのか……」

クリストフを剝き出しの地面に組み敷き、男は舐めるような視線で見下ろしてきた。見覚えがある。男はハルネスからソフィアに随行して、グリンワルドに残っていた警備兵だった。

「何を言ってるんだ。僕はソフィじゃない！　ジーに暴力を振るったのも許さない！」

クリストフは叫んだが、男はまるで耳に届いていないかのように、いやらしい笑みを浮かべていた。

「俺も、ハルネスにいた頃からあんたが好きだったんだぜ……それなのに」

ねっとりとしていた口調が、だんだん荒くなる。目つきもおかしい。男は声を荒らげた。

「それなのに、あいつなんか選びやがって！」

二度目、頬を張られる。そして、首筋に顔を埋《うず》められた。

「俺だって、あんたを抱きたかった……でも、あんたは姫さまだったから俺は耐えていたのに……」

「やめろ！　離せ！」

男が何を言っているのかわからない。首筋にかかるぬるい息が気持ち悪い。クリストフは気が違いそうだった。

「それなのに、グリンワルドの王子に抱かれる前に、他の男と乳繰り合いやがって……！所詮は、ベータまで誘惑するいやらしいオメガじゃねえか。あいつが死んだと聞いてせいせいしたぜ！」

「嫌だ！　アルベルトさま！」

顎を捕らえられ、唇を塞がれそうになる。顔を振り切って、クリストフは男の指と唇から逃れてアルベルトの名を叫んだ。必死だった。

「やめろ！」

誰かが小屋に踏み込んできた。クリストフは目を疑う。それはアルベルトだった。彼は男に体当たりして、一瞬のうちにクリストフを腕に攫う。男に対し、剣を抜くより先にクリストフを庇《かば》ったのだ。背中を見せてしまったアルベルトの肩に、男の剣が振り下ろされる。

「アルベルトさま！」

「大丈夫だから……」

安心させるように微笑んで、アルベルトはクリストフを背に庇って自らの剣を抜いた。だが、顔は苦痛で歪んでいる。

「誰か！」

誰か来て！　助けて！　悲痛な叫びに呼応するかのように、ユージンが踏み込んできて男に斬りかかった。

「アルベルトさま、すぐに他の者が参ります！　クリストフさま、アルベルトさまを頼みます！」

ユージンは逃げる男を追いかけていった。

「もう大丈夫だ……怖かっただろう？」

斬りつけられた肩から腕にかけては、衣服から血が滲み、ぽたぽたと落ちている。そんな状態にもかかわらず、アルベルトは笑いかけてきた。

「しゃべらないで、アルベルトさま……！」

クリストフは懐から小瓶を取り出して、斬りつけられた彼の衣服を夢中で裂いた。顕わになった傷口に瓶の液体を降りかける。そして自らの口にも含むと、アルベルトの唇を塞ぎ、直接喉に流し込んだ。

苦みのある液体がアルベルトの喉を下る。やがて、アルベルトの頬に添えられていたク

リストフの指がそっと離れた。

「これで、ひとまずは大丈夫……あとはお医者さまに早く診《み》ていただいて……」

クリストフの声は、ふっと途切れる。襲われた恐怖、殴られた顔の痛み、そしてアルベルトが来てくれたという安堵感と共に彼が斬られたという衝撃。様々な感情と現状を受け止めきれず、クリストフはアルベルトの腕の中で気を失ってしまった。


クリストフが目を覚ますと、寄り添ったアルベルトとジークフリートに、心配そうな顔で覗き込まれていた。

「クリチュがおきたー！」

ジークフリートは緑の瞳に涙をあふれさせ、わーんと泣き出した。その頭をアルベルトは愛おしそうに撫でる。

「よしよし……大活躍だったからな。ジーが走って私に知らせに来てくれて、そしてユージンも呼びに行ってくれたのだ」

「僕を守ろうとして、ジーもあの男に蹴られたんです……それなのに、ジー……」

クリストフは腕を伸ばし、ジークフリートの髪に触れる。

「ありがとう、ありがとうね、ジー」

「うあああーん、クリチュー！」

小さな身体に抱えきれないほどの怖い思いをたくさんしたのだろう。緊張しっぱなしだったのだろう。クリストフとアルベルトが見守る中、安心したジークフリートは思いっきり泣いて、やがて泣き疲れて眠ってしまった。

ジークフリートが子ども部屋に運ばれて、クリストフとアルベルトは二人きりになった。先ほどよりも空気が濃く感じられる。クリストフは早鐘を打とうとする胸を押さえ、起き上がった。

「アルベルトさま、先ほどは助けに来てくださってありがとうございました」

何を？　と不思議そうにアルベルトの目が見開かれる。クリストフは控えめに微笑んだ。僕はただソフィの兄というだけで、男性オメガは妾妃になることもできない。そんな僕をなぜ危険を冒してまで助けてくれたんだろう。

守られるということに慣れていないクリストフは、その感情を持て余してしまう。ただ嬉しかったという気持ちだけで収めることができない。そしてまた、惹かれてはいけない男同士なのに……と胸が痛くなる。そんな思いを振り切って、クリストフは訊ねた。

「お怪我の具合はいかがですか？　化膿したり熱が出たりはしていませんか？」

「自分だって怪我をしたのに、君って人は」

　アルベルトは青あざの残るクリストフの頬を指で撫でる。もうだめだ、鼓動が抑えられない。クリストフの心臓の音は高まって、アルベルトに聞こえてしまうのではないかと思うほどだったが、アルベルトはただ、静かに訊ねてきた。

「私の傷だが、熱も持たず、血も早く止まって、応急処置に何をしたのかと医師が驚いていた。あれはハルネスの薬かい？」

「裂傷に効く薬草から作った水薬です。外からも内からも炎症を抑える効果があるんです。いつも身につけていて、それが役立ってよかったです」

「歌に出てくる魔法の薬か？　それで飲ませてくれたんだな」

　クリストフは急に真っ赤になる。あの時のことを思い出したのだ。ただ夢中で、口移しで飲ませてしまった。

「あの歌の薬ではありません。あの時は、あの、そうした方が早いと思って……」

　別に、彼に瓶を渡して自分で飲んでもらってもよかったのだ。それなのに僕は……。真っ赤になってクリストフは俯いてしまった。アルベルトは「ありがとう。君の機転のおかげだ」と微笑み、だがすぐに表情を曇らせた。

「ハルネスの薬は素晴らしい。だが、ユージンの報告によると、君を襲った男はハルネスから出回っているヒーメルの中毒だったそうだ」

「ヒーメル……」

呟いた顔に手を添えられ、クリストフはアルベルトを見上げるかたちになった。視線が近い。

「私がユージンと共に、悪しき薬の撲滅に取り組んでいたことは知っているね？」

「はい」

クリストフが静かにうなずくと、アルベルトは眉間を険しくした。

「怖い思いをさせて本当にすまない。王宮で働く者にまで及んでいるとは、何もかも私の監督不行き届きのせいだ。だが、あの男を捕らえたことで突破口が開ける。ヒーメルの経路を突き止めて、根絶やしにしてみせる」

クリストフはアルベルトの決意を受け止める。ヒーメル《天国》などというふざけた名前の悪薬が、故郷から流れてきたことには今も心を痛めていた。そしてクリストフは、アルベルトにどうしても訊ねたいことがあった。

「あの男は、僕をソフィと間違えただけでなくて、他のことも言っていました」

口調は自然と追求するものになる。アルベルトを責めているように聞こえるかもしれない。だが、どうしてもこれだけは。

「俺もあんたが好きだったのに、あいつを選んだって。グリンワルドの王子の前に、あいつと、その、抱き合ったって……ソフィのことを、所詮は淫乱なオメガだと言いました。あいつって誰ですか？　お願いです。教えてください。ソフィの周囲で何があったのですか？」

　ソフィはラルーカのせいで亡くなっただけではなかったの？　まだ僕の知らないことがあるの？　追求でも責めでもない。祈るように手を組んで、クリストフはアルベルトに懇願していた。どうか、どうか何があったのかを教えてください――。

「ジーのためにも、知らせずに済むことならと伏せていたが……」

　アルベルトは静かにうなずき、クリストフの心臓は痛いほどに高鳴った。すべての真実を知る、その時がきたのだ。アルベルトはクリストフの固く組んだ手を、ふわりと包み込んだ。

「だが、何を知っても、ソフィアを許して、ジーのことは今まで通りに慈しんでやってほしい。あの子だけは」

「何を知ろうと、僕がソフィやジーを大切に思わないなんてことはありません」

　クリストフはきっぱりと言い切る。そして緑の瞳にありったけの思いを込めて、アルベルトに伝えた。

「聞かせてください」

　決意のこもったクリストフの視線を受け止め、アルベルトはソフィアについての真実を語り始めた。

「私は世継ぎであるにもかかわらず、自分自身を縛られる感じがして、結婚に気が進まなくてね。それで業を煮やした周囲が、まず妾妃を持ってはどうかと話をまとめてきた。外堀から埋められるかたちで話がまとまっていて、完全に事後承諾だったんだ。身軽でいたかった私にとっては、結婚も妾妃を迎えることも同じだったが、ただ、肖像画を見た時に、彼女の儚《はかな》げで優しい表情が気になった。淋しさを抱えたひとなのだろうかと感じ、見知らぬ国へたったひとりでやってくる彼女のことを、私なりに大切にしようと思ったんだ」

アルベルトは窓の向こうに目をやった。それはハルネスのある方角だ。ソフィアのことを偲《しの》んでいるのだと思ったら、クリストフの胸はちくんと痛んだ。

「君には、ユージンとエリザのことは話していたね？」

「はい、エリザからも聞きました」

答えながら、なぜ今そのことが出てくるのだろうとクリストフは思った。だが、話はまたソフィアの件へと戻っていく。

「ソフィアは王宮に到着してすぐ、人払いを願い、ハルネスから随行してきた警備兵の男と共に私の前に現れた。そして『どうか私たちに罰をお与えください』と申し出た」

「罰？　なぜ……」

驚いたクリストフの顔に、アルベルトはふっと微笑みかけた。優しさと、苦しさとがないまぜになったような表情で。そしてまた静かに口を開く。

「彼らはハルネスにいた頃から思い合っていて、出発の前に思いを遂げてしまったのだと言った。その結果、ソフィアは子を孕んだ。他の男の子どもを孕んだまま妾妃として仕えることはできないと言って、手打ちを願い出たのだ」

「そんな……！」

驚きのあまり、クリストフは目眩《めまい》を覚えた。そんな……そんなこと何も知らなかった！

「彼のことは君に相談することもできず、胸が張り裂けるほどに悩んだらしい。王女と警備兵という身分差、オメガとベータというバースの壁、そして妾妃として仕えることが決まっていながら……何重にも彼女は苦しんでいた」

クリストフが落とした肩を、アルベルトは優しく抱き寄せた。いつもならそうされると苦しいほどに鼓動が高まるのに、今はただ衝撃を受け止めるのに精いっぱいで、クリストフはアルベルトに縋らずにいられなかった。

「それから……？　それから二人はどうなったんですか？」

聞くのは辛いが、聞かずにいられない。クリストフは浅い息を吐きながら、続きを願った。

「私は彼らの苦しみに——共感し、子どもが生まれたら三人で逃がそうと約束した。ユージンたちもそうだったが、愛し合う者たちが法や慣習の前で絶望するのを見ていられなかった。その時が来るまで、恋人は姿を隠すために海賊討伐に志願し、ソフィアは身体が弱っていたが、アルファの王子を産んだ。それがジーだ」

「ジー……」

そうだ、とアルベルトは力強くうなずく。重く苦しい真実の中で、ジークフリートの誕生はひと筋の明るい光だった。

「私は、相手はベータなのに、なぜアルファの子どもが生まれたのか不思議でならなかった。その時にソフィアはこう言ったんだ」

——ハルネスには、こういうことを可能にする、恐ろしい薬があるのです。

そして間もなく、子どもの顔を見ることなく恋人は戦死し、ソフィアの身体も急激に弱っていった。どのような薬も効かず、だが、どんなに苦しくてもソフィアは弱音を吐かなかったという。

「私はジーを実子として籍に入れた。ソフィア共々、大切に慈しんでいこうと思っていた。だが、ソフィアは最期までジーの身を案じながら、君に会いたいと言いながら、息を引き取った」

アルベルトの肩にもたれ、クリストフは身動きも、呼吸さえもできなかった。まるで石になってしまったかのように。そうだ、石になって感情などなくなってしまえば、どんなに楽だろう。

「ソフィアの死因はただ衰弱していったとしか言いようがなかった。前にも言ったように、結局は我が国の風土が合わなかったのだろうと……どんなに手を尽くしても、彼女はよくならなかった。だが、ただひとつ、彼女が言った、恐ろしい薬ということが私は心に引っかかっていた。もう……確かめる術《すべ》もないが」

「薬のせいです」

クリストフは虚《うつ》ろな目で答えた。

「ソフィが死んだのは、その薬のせいです」

「クリス……」

「ラルーカといって、元はオメガたちが、虐げられる生き方をアルファに擬態することで改善しようとして民間で作られた薬でした。でも、飲み続けられるうちに、アルファの男児を妊娠しやすくなることがわかって、それからハルネスではオメガが愛妾として嫁ぐことが決まったら、その薬を飲むことを強いられるようになりました。でも、副作用が強くて、身体はひどく衰弱してしまうんです」

「そんな……人をなんだと思っているのだ」

「僕たちが幼い頃から、ラルーカは『アルファの子を産んで幸せになる魔法の薬』だと伝えられてきました。でも、実際は命をおびやかす危険な薬だとして使用も生産も禁じられたのです。それなのに、僕はソフィの遺品の中からラルーカを見つけました」

クリストフは哀しげに息をつく。

「……ラルーカが闇で取り引きされているという噂は聞いていました。おそらくは、エーリヒ兄上が……兄上に強いられて……」

「そのような馬鹿げた薬のために、ソフィアは命を落としたというのか。エーリヒ殿は何を考えているんだ！」

アルベルトは憤っていた。ああ、この人はオメガのために怒ってくれるんだ。そんなアルファがいるなんて思いもしなかった……。

「……っ」

クリストフは嗚咽を堪えた。ずっと願っていた。ソフィアがどこかで生きていると。そして真実は残酷だった。恋人がいるのに妾妃として嫁いでいかなければならなかったなんて……その上、ラルーカで命を削られて……。

どうして僕に言ってくれなかった？　だが、知ったところで自分に何ができただろう。ソフィはきっと、僕を悩み哀しませないために何も言わなかったんだ……。

クリストフはあふれてくる涙を拭う。

生きてさえいれば、アルベルトさまがどこかへ逃がしてくれたのに――。そう思うと、アルベルトの優しさが身に沁《し》みた。現に彼は、血のつながらないジーを実子として慈しんでいるのだ。だから、ジークフリートは髪の色も目の色も、アルベルトに似ているところがなかったのだ。そして――。

「アルベルトさま、本当にごめんなさい」

「なぜ謝るんだ。謝らなければならないのは私の方だ」

「いいえ……アルベルトさまはきっと僕が嘆き哀しむのをわかっていた……それなのに、僕はあなたに疑念を抱いて……」

そこから先は言葉にできなかった。クリストフは、アルベルトに強く抱きしめられていた。

「そんなことはいいんだ」

大きな手が髪を撫でていた。耐えていた一線が、脆《もろ》くも崩れていく。クリストフはアルベルトの背に腕を回した。

「何もかも、あの薬のせいなんです。ラルーカも、ヒーメルも、全部ハルネスが作ったんです！　ハルネスなんて滅んでしまえばいい。あんな国なんて大嫌いだ！」

「生まれた国を、そんなふうに言うものじゃない」

その言葉があまりにも優しかったので、クリストフは声を上げて泣いてしまった。アルベルトの腕の中で、彼の背にしがみつきながら――だから泣けたのかもしれない。

「僕はひとりぼっちです」

甘えたように言ってしまう。もうソフィアはいない、魂の片割れは失われてしまったのだ。

「君にはジーがいる。ジーは、君にとってソフィアの血をひいた甥っ子だ。……そして私もいる。ユージンとエリザも君を守ってくれる」

あやすように髪を混ぜられて、つむじの辺りに唇が触れた、ような――気がした。ソフィは失ってしまったけれど、僕はいつの間にか守ってくれる人たちの中にいたんだ。改めて気づかされ、クリストフは「はい」と涙を拭った。

(短い間だったけれど、ソフィはアルベルトさまの側にいて、愛されて幸せだったんだろうな)

ソフィアの幸せを思いながら、クリストフの胸はまたちくんと痛む。この棘はいつから刺さるようになったんだろう。

アルベルトはクリストフが落ちついたと思ったのだろう。きつく抱いていた腕を緩め、寄りかからせたまま静かに話し始めた。

「ソフィアは本当に君の話をよく聞かせてくれたんだ。見かけは涼やかなのに、実は気が強くて意地っ張りだとか、幼い頃は泣き虫だったとか」

「ソフィ、ひどい……」

クリストフが拗《す》ねると、アルベルトは笑った。

「だが、とても純粋で傷つきやすくて、そして淋しがりだと。甘えるのが下手で、その分、人の痛みがわかるのに周囲に誤解されやすくて、今頃どうしているかと、とても心配していたよ。笑うと頬がキャンドルフラワーみたいにほんのり赤くなって、本当に、妖精たちも見蕩れるくらいに可愛いんですよって」

「そっ、そんな……」

「照れることないじゃないか。ソフィアの最高の賛辞だ」

アルベルトは、クリストフの両頬をむにっと引っ張った。

「な、なな何をするんですか！」

「妖精たちが見蕩れるほどの笑顔が見たかったんだよ。なるほど、可愛い頬だ」

「かっ、からかわないでくださいっ……」

クリストフが抗議するとアルベルトはまた楽しそうに笑った。

「だからずっと、ソフィアの兄に会ってみたいと思っていたよ。その思いが高じて、初めて会った時に思わず抱きしめてしまった。そして一緒に過ごしてみたら、妹思いで、辛い時期を生きてきただろうに、健気《けなげ》でいつも一生懸命なところが可愛いくて、そんな君を守りたいと思うようになった。今もそう思っている」

もうやめて、アルベルトさま……これ以上そんなことを言われたら、僕は発情の時を思い出してしまう……優しく、強く抱きしめられて、またああやって触れ合いたい、可愛がられたいと思ってしまう。クリストフは身体が疼こうとするのを懸命に抑え込んだ。

それは罪だから。許されないことだから。

「君は、この世の禁忌をどう思う？」

アルベルトは突然、そんなことを言い出した。まるで心の中を見られてしまったようで、クリストフは驚く。だが、思っていることを素直に口にした。アルベルトへの高まる思いを告白するようで、とてもどきどきしたけれど。

「とても、哀しいことだと思います……ソフィも、ユージンとエリザも……愛し合うことがなぜ罪に問われるのかわかりません」

「そうだな」

さっきまでの笑顔は消え、アルベルトはとても熱い目をしていた。それは彼の怒りにも、決意にも見えた。

「以前、大罪から人々を解き放つ企みの話をしたことがあっただろう」

「はい」

クリストフは静かに答えた。僕も考えていた。それはどういうことなんだろうと。

「ソフィアが恋人の子を身篭もっていることを知った時、ユージンがオメガの娘と愛し合っていることを知った時、バースや身分、性で結婚を縛る法がなければ、皆堂々と幸せになれるのにと歯嚙みした。罰せられることを恐れながら秘《ひそ》かに愛し合っている者たちは他にもいる。先日も心中事件があったばかりだ。私は王位継承者として思うのだ。人を不幸にする法になんの意味がある。だから私は結婚というものに気を持てないのだ。国を治めるということは、民の幸せを保証するということだ。私は、誰もが幸せになれる国を作るために、必ず法の改正をやり遂げる」

彼の決意を、クリストフは身体中で聞いていた。高潔な横顔を見つめていた。

アルベルトさまなら、きっとやり遂げられる。そんな世がきたら——僕は、アルベルトさまの妾妃としてお側に置いてもらえないだろうか。かつて愛した妾妃の代わりとして。

（代わりでいいのか？）

クリストフの中で、何者かが問いかける。クリストフはその声を無視した。

4

秋は深まり、庭の木々は紅や黄色に染まり始め、ジークフリートは綺麗な葉っぱをたくさん集めている。ここグリンワルドの紅葉は、ハルネスよりずっと遅い。室内では暖炉に火が入り、薪がぱちぱちと心地よい音を立てている。アルベルトの執務室で、クリストフは彼と共にユージンの報告を聞いていた。

「クリストフさまを襲った輩《やから》は、ソフィアさまの恋人だった男の同僚で、ソフィアさまに邪《よこしま》な思いを抱いていたそうです。また、ハルネスにいた頃もヒーメルに似た薬に手を出していたという証言も取りつけました。この国に来てからは妙に金回りがよくなっていて、薬が欲しければ俺に言え、と仲間内で豪語していたとのことです。取り調べでも、俺には偉い人たちがついているから何も怖いものなどないと言っておりました」

「偉い人……か」

アルベルトが反芻すると、ユージンは「はい」とうなずいた。

「おそらくは、アルベルトさまが睨《にら》んでおられた通り、王宮内に巣窟があります。彼はその手先でヒーメルを捌《さば》く元締めとして働き、報酬を得ていたようです」

彼は中毒症状がひどく、禁断症状で暴れて廃人寸前になっており、これ以上は聞き出せなかったとユージンは報告した。

「王宮内に巣があることは間違いないな。あとは、誰が関わっているか……この機会に必ず悪の根源を突き止めて、ヒーメルをこの国から断つのだ」

「引き続き、調べは進めております」

彼らの話を、クリストフは身体を強張らせながらじっと聞いていた。ユージンの報告に同席させてほしいと頼んだら、アルベルトは快く許してくれた。

『君が知っておきたいと思うのは当然だ』

と言って。

「そのためにも、もっと情報が欲しいのですが……例えば酒の席などに入り込めれば、皆、口も軽くなっていると思います」

「酒の席か……」

アルベルトは少し考え込み、ふと顔を上げた。

「これから新年にかけては、秋の恵みを祝しての夜会が続くな」

「そうですね。夜会なら人も多く集まりますし、入り込めれば絶好の場だと思われます」

「私が夜会に出席すれば、その陰でユージンが指揮して部下たちが動ける。そのためには同伴者が必要だ。私が女性をエスコートすれば、自然に、そして頻繁に夜会に出席できるが……」

「そうですね。ですが、その場合、同伴者となる女性の人選が大きな問題です。この件を正しく理解、認識し、かつ口が堅い者となれば……」

「私たちの動きを知っている女性はエリザだけだな……だが、エリザは今、女官として仕えているから、貴族たちに顔を知られている」

「我が同士たちの奥方で、適任な者を当たるしかないでしょうか」

アルベルトとユージンの話し合いが続く横で、クリストフは考えていた。

先日、アルベルトの決意を聞いてから、そして今、ヒーメル撲滅の話を聞き、クリストフはアルベルトの目指すものに共感している。悪しき薬を断つことも、大罪から人々を解き放つことも、根っこは同じだと思った。それは、国の人々を幸せにするというアルベルトの理念だ。

そのために、僕にできることはなんだろう。

アルベルトのもとにいられる幸せ、ジークフリートに癒やされる幸せを思えば思うほど、クリストフは歯がゆかった。アルベルトさまの役に立ちたい。力になりたいんだ。

だって、僕はアルベルトさまのことが好きだから――。

長いこと目を背け、言葉にすることを避けていた思いを、クリストフはやっと、これは恋だと認めた。

あなたが好きです。たとえ、今この世で許されない男同士であったとしても。

また、あなたに抱かれたい。発情の時に鎮めてもらいたい。あなた以外の人と肌を合わせるのは考えられない。思うだけで、この身は火に炙られたようになってしまう。

——愛しています。アルベルトさま。


自室に戻ったクリストフは、棚の一番上にしまっていた小箱を取り出した。今やソフィアの遺品となってしまった、ラルーカの入っている箱だ。

これを飲めば僕はアルファに擬態して、さらに女性の格好をすれば、アルベルトさまのお側にいてもおかしくない。

アルベルトさまも、女性の同伴者がいれば夜会に堂々と出席できる。そうすれば、アルベルトさまは結婚への圧力にわずらわされることもなく、法の改革や、ヒーメルの巣の摘発に没頭できる。僕もアルベルトさまのお役に立てる。お側にいられる……。

禍々しい赤い粉薬を水で喉に流し込む。以前と違い、なんの迷いも恐れもなかった。

さらにクリストフは衣装部屋のあの箱から、ソフィアが着ていたドレス類を取り出した。

着方がよくわからない。このフープの上にペチコートを着ればいいのだろうか。このレースの束はどうすればいいのだろう。

これから、僕はアルファの令嬢になるのだ。エリザにいろいろ教えてもらわなければ。かつらも必要だ。うんと豪華な巻き毛のものを。胸もなんとかしなければ。アルベルトさまのお相手としてふさわしくあるように。

どうにかドレスを着つけたクリストフは、鏡に映った自分を不思議な気持ちで見つめた。髪は短いが、化粧をしなくても十分、女性に見えると思った。こうして見ると、やっぱりソフィアに似ている。男女の双子だから、顔立ちはあまり似ていないと言われていたけれど。

(アルベルトさまはなんと言われるだろう)

女性の僕を気に入ってくださるだろうか。だがそれは淋しいとクリストフは思った。女性になりたいのではない。男のままで彼に愛されたいのだから。

計画については反対されることが予想できたが、もうラルーカは飲んでしまった。

(ソフィ、僕を守って)

クリストフはドレスの胸の、幾重にも縫いつけられたレースをぎゅっと握った。

アルベルトの部屋に向かう途中、幸い廊下に人影はなく、誰にもドレス姿を見られることはなかった。ジークフリートはもう寝ている時間だ。クリストフは高鳴る鼓動に堪えながら、アルベルトの私室前、扉越しに呼びかけた。

「アルベルトさま、クリストフです。お話があって参りました」

「どうした、改まって」

いつもの調子で答え扉を開けたアルベルトは、クリストフの姿を見た瞬間、目を瞠った。

「失礼します」

クリストフはドレスを摘まんでお辞儀をした。そうだ、令嬢としての立ち居振る舞いも身につけなければ。

「クリス……」

アルベルトは茫然《ぼうぜん》としながら呼びかけた。

「これはいったい……なぜそのような姿を？　何か余興でもあったのかい？」

アルベルトは、らしくない冗談を言った。それほどに彼は動揺していた。おそらくクリストフの目を見て、何か思い詰めていることを悟ったのだろう。

「女性としてはまだまだ不十分ですが、僕がこの姿でいれば、アルベルトさまのお役に立てます」

「不十分だなどと……君の美しさに驚いて、私は言葉を失ったよ。……いや、そうじゃない。そのような姿で何を考えているんだ？」

アルベルトは詰問したが、クリストフは平常心のまま答えた。

「ヒーメルの巣窟の捜査についてです。王宮内に巣があるのは間違いないと、ユージンと話しておいでででした。同伴者がいれば、貴族が催す夜会に出入りできます。夜会に出席すれば、その間に情報を集められるとアルベルトさまはおっしゃっていました。どうか、僕をこの姿で同伴者としてお連れください」

「君にそんなことはさせられない！」

アルベルトは即答したが、クリストフは怯まなかった。

「アルファに擬態する薬を飲みました。ですから、すぐにアルファのフェロモンも発せられるようになります。ばれることはありません」

「なんだって？」

アルベルトの顔から血の気がひく。

「あの薬を飲んだというのか。ソフィアを死に追いやったあのラルーカを？」

クリストフはうなずく。

「そんな……」

アルベルトは言葉をなくし、頭を抱えた。こめかみに指が食い込むほどに苦悩している様子がうかがえた。

「あの薬を飲めばどうなるか、君はよく知っていたはずだ」

「衰弱しても、必ずしも命を落とすと決まったわけではありません。どうか、ソフィやジーを助けてくださったお礼をさせてください。そして、ハルネスがばらまいた忌まわしい薬の罪滅ぼしを」

「それは君の責任ではない！」

「あなたの力になりたいのです」

クリストフは両手を握りしめ、乞うようにアルベルトを見上げた。

「誰も娶られないのは、本当はソフィアを今も愛しておられるからでしょう？　僕がお側にいることで、アルベルトさまは結婚話にもわずらわされずに済みます」

ついに言ってしまった——心の中には大きな波が立っていた。それを言葉にすれば、苦しくなることはわかっていながら言わずにいられなかった。

ややあって、重い沈黙のあとに、アルベルトは目を伏せたままで答えた。

「ああ、大切に思っていた……」

うん、わかっていた。わかっていたから訊ねたんだ。それなのに、この辛さはどうだ。胸が引きちぎられるようだ——。

（ごめん、ソフィ）

心の中でソフィアに詫びて、クリストフは再び決意に満ちた顔を上げた。心の中で泣きながら。

「だからこそ僕は、ソフィの兄としてあなたの力になりたい」

「それと、これとは話が別だ……」

「別じゃありません！」

思いはすれ違って重ならない。その哀しさを振り切るように、クリストフは金髪を振り上げてアルベルトを見つめる。

「あなたが好きです」

最初のひとことを言ってしまえば、あとは、とうとうと言葉は流れ出た。

「罪滅ぼしは本当だけれど、愛しているからお側にいたい。お役に立ちたい。発情の時に抱いていただきたいのです……！」

アルベルトは黒い目を瞠っている。そして眉間に苦しげな皺を寄せた。驚きはわかるけれど、どうしてそんなに辛そうなんだろう。

「今はまだ、アルベルトさまの信念が実現する前です。それなのに、男同士で、しかもオメガの僕がこのような思いをぶつけることをお許しください。ラルーカの効果が表れれば、必ず上手くやってみせます。もし、僕の擬態が白日のもとに晒されても、僕がアルベルトさまを誘惑したのだと告白します。僕が、命をかけてアルベルトさまをお守りします

「……！」

だから抱いてください。キスしてください。側に置いてください……。

「……では、これは契約だ」

アルベルトはクリストフのまっすぐな視線から目を逸《そ》らした。いつも正面から人と向き合うアルベルトさまなのに、それだけ苦しんで——苦しませてしまったのだとクリストフは唇を嚙む。彼を愛することは、彼を苦しませること。クリストフは出口のない迷路に迷い込む。

「契約？」

「君は女性のふりをして、我々の捜査に協力する。私の結婚話も遠ざける。そして私は、君の発情を鎮める……」

迷路の出口を示された。契約として、お互いに危険を承知で割り切った関係を持つ。契約という言葉は冷たいけれど、これ以上に今の自分たちにとってふさわしい関係はない。

「ユージンに説明してくる。しばらく、その姿のままで待っていてくれ」

アルベルトはクリストフの返事も聞かずに踵を返した。荒々しく閉められた扉の音も、いつもの彼らしくなかった。

話を聞いたユージンは、目をきらめかせ「悪くないと思います」と告げた。

「私も驚きました。もう少し手をお入れすれば、どこから見ても美しい令嬢です。すぐにエリザを呼びましょう。クリストフさまのお身体に障らないように、速やかにことを進めねばなりません」

てきぱきとしたユージンに対し、アルベルトはまだ歯切れが悪かった。どこまで二人の事情を知っているのかはわからないが、ユージンは力づけるように主《あるじ》の手を取った。

「クリストフさまのことがご心配なのはわかります。だからこそ、そのお心に報いねば」

「そうだな……私も心を決めなければ」

アルベルトはクリストフの前にひざまずいた。そして手を取り、恭しくくちづける。

久々に身体に触れたアルベルトの唇。クリストフの身体は、そこから繰り出されるめくるめく感覚を覚えていた。懸命に込み上げる声を押し殺す。

（あ……っ……ん……）

「クリス、よろしく頼む」

もっと欲しいと、身体の芯が熱を持って疼く。発情が近づいている。

——こうして、クリストフとアルベルトの「契約」は始まった。

ユージンの提案により、クリストフはアルベルトが遠方で見初めたアルファ姫だということになった。名前は「クリスティーナ」伯爵令嬢だ。エリザによって化粧を施され、ドレスをきちんと着つけ、かつらを被って宝石を身にまとったクリスは、三人が息を呑むほどの美しさだった。

「ドレスはあと何着かあつらえておいてくれ」

「はい、あなた」

クリストフの胸を補うために、優雅なレースの細工を施しながら、エリザもまたてきぱきと答える。だが、男たちが出かけて二人きりになると、エリザは目元をハンカチで押さえた。

「クリスさま、お許しくださいませ。エリザはクリスさまがおいたわしいのです」

「エリザ……」

どうしたの？　クリストフはエリザの側に身を寄せた。

「愛する方のため、このようにご自分を偽って……」

「……エリザ、知っていたの？」

クリストフは思わず頬を染めた。

「同じオメガでございますもの……。違うバースの者を愛したなら、命がけです。私たちの場合はアルベルトさまがお守りくださいましたけれど、クリスさまは男同士という枷《かせ》も背負われて、どんなにかお辛いでしょう」

エリザはまた涙を拭く。そして、笑顔を作った。

「申しわけありません。レースに涙を落としたら大変ですわ」

縫い物に戻ろうとしたエリザの肩を、クリストフはそっと抱いた。

「エリザ、ありがとう。僕のことを気にかけてくれて。でもね、僕はこうすることでアルベルトさまのお側にいて、お力になれる。だから大丈夫だよ」

それにね、とクリストフは明るい声で続けた。

「アルベルトさまとユージンは、すべての愛し合う者たちが自由に結ばれて幸せになれるよう、国を変えるために動き出しているんだ。だからきっと、エリザもユージンと、もっと幸せになれるよ」

「そんな日がくればいいと、どれだけ夢見たことでしょう……。クリスさま、その日が来たら、どうかソフィアさまの分もアルベルトさまと幸せになってくださいませ。エリザもお祈りしております」

「ありがとう……」

エリザの言葉は心に沁み入るほどに嬉しかった。だが、そんな日はくるとは思えなかった。だって僕たちは「契約」をしたのだから。


「クリチュ、いないー」

一方、ジークフリートはクリストフの女装姿を見て、クリストフがどこかへ行ってしまったと大泣きした。

「このちと、ちらないもん！」

ジークフリートはまんまるの目に盛り上がるほど涙を溜め、アルベルトに訴えている。

「ジー、よくお顔を見て。僕はクリスだよ」

言い聞かせても納得しない。確かに声はそうだけれど、クリストフではないという混乱に陥っているようだった。

「クリスはね、悪い魔法使いに薬を飲まされて、女の人になってしまったんだよ」

ジークフリートを抱き上げ、アルベルトが説明を試みた。

「おくちゅり？　にがいの？」

ジークフリートは薬に反応した。彼にとって、苦い薬はすべからく悪い薬だったからだ。

「うん、苦かったよ」

クリストフが答えると、ジークフリートは納得したらしく、こくんとうなずいて神妙な顔でアルベルトを見上げた。

「おひめしゃまクリチュ、かあいいね。でもね、ジーはいつものクリチュがいいの。だからね」

ジークフリートは勇ましく、目をきりっとさせる。いつの間にか、こんな表情ができるようになったのだ。

「とーちゃま、わるいまほーちゅかい、はやくやっちゅけてね！」

「了解だ、ジークフリート王子」

「クリチュも、はやくクリチュになってね」

戻ってね、という意味なのだろう。クリストフは微笑んでうなずいた。

「了解です。ジークフリート王子」

クリストフとアルベルトは、ジークフリートの顔を挟んで両頬に約束のキスをする。大好きな二人から同時にキスをもらって、ジークフリートは嬉しくてたまらないようだった。

「ジーも、おう、お、おうえん？　しゅる！」

難しい言葉を懸命に使って、心を寄せてくれるジークフリートが愛しい。ほとんど母を知らないジークフリートのその優しさは、アルベルトからもらったものなのだ。

ジークフリートはそれから、悪い風邪が流行っているからという理由で城から離れることになった。クリストフが女性のふりをしていることを、無邪気に話してしまわないためだ。秘密を知っているのは、アルベルトとユージン、つきっきりでクリストフの世話をしてくれるエリザだけ。だが、婚姻法の改正については王宮内にも若い同志が多くいるという。ジークフリートは、その同志たちが世話をしてくれるということだった。

「雪が降り始めるまでには必ず迎えに行くからな」

アルベルトはジークフリートを抱いて額にキスをした。ジークフリートは健気に「うん！」とうなずいている。今日からひと月ほどジークフリートに会えないのだ。

準備は整った——そして、クリストフが初めて夜会に出る日が来た。

ふんだんにレースとオーガンジーをあしらった薄紫色のドレス、金髪の巻き毛にドレスと同じ色の髪飾りをつけたクリストフは、たおやかな花のようだった。アルベルトは感嘆の吐息を漏らす。

「あの……変じゃないですか」

クリストフがおずおずと訊ねると、アルベルトは「素敵だよ」と言って、首元のチョーカーの位置を少し直してくれた。首筋はクリストフにとってもう性感帯だ。アルベルトの指が触れただけで悩ましげに眉根を寄せてしまうが、オメガの香りは発せられない。代わりにアルファのフェロモンが漂う。薬が効いてきているのだ。だが、擬態しているだけで、身も心もオメガなのは変わらない。

「辛くなったら我慢せずに言うんだよ。すぐに戻って私が鎮めるから」

「はい……」

アルベルトの淡々とした口調が『契約』を思わせて、クリストフの心は少し萎《しぼ》む。

ラルーカは、アルファに擬態している間は発情もある程度抑えることができるが、効き目は短い。だから飲み続けなければならない。抑え込まれた欲情は、薬が切れたらどうなってしまうのだろう。心配ごとは尽きないが、クリストフは凛《りん》とアルベルトを見上げた。

「参りましょう」

一日めは、王家にも連なる名門、ベイモンド公爵家の夜会だった。規模も華やかさも宮廷一を誇り、着飾った紳士淑女であふれている。

だがその夜、社交界の話題を攫っていったのは、クリストフだった。結婚を嫌っていた王子が見初めた女性というだけでも皆の興味は空にも届くほどだったが、何よりもその初々しい美しさと気品に、皆が目を瞠らずにいられなかった。

「クリスティーナ・デ・アンドレセンと申します。皆さま、どうぞお見知りおきを」

アルベルトに紹介され、クリストフは優雅にお辞儀をする。所作も、ワルツも、皆アルベルトが教えてくれだ。ユージンには「内気そうにして、声を発せられませんように」と注意を受けていた。

「殿下にこのようなお方がおいでになったとは！　なんとお可愛らしい。実は選《え》り好みをしていらしたのですな！」

最初にすり寄ってきたのは、主のベイモンド公だ。慈善家として名高く、今日も孤児院に秋の恵みを贈るための資金集めの夜会だった。だが彼は、実は酒癖も女癖も悪い、二枚舌だった。囲っている女たちに宝石やドレス、家を買い与え、借金があるという噂だったが、最近、妙に金回りがいいらしい。探るべき候補として外せない男だった。

次々と現れる取り巻きたちを、アルベルトはウィットの利いた弁舌でかわしていく。その中でも気にかかる話題や案件は、すべて頭の中に取り込んでいるのだろう。時折、侍従として随行してきたユージンと秘かに目配せを交わしている。ユージンは給仕として潜り込ませた部下に目を配っている。クリストフはただ微笑んで、そこにいるだけでよかった。

「申しわけありません。非常に人見知りで内気な質でして」

クリストフがそこで扇で顔を隠し恥じらえば、もう誰も何も言えなくなってしまう。

初めて披露するワルツでも、クリストフはまるで氷の上を滑るように軽やかに舞い、アルベルトはこの上なく優雅にリードした。周囲から感嘆の声が聞こえてくる。

「なんて素敵なお二人……！」

「結婚なさるのかしら」

「旅行先で見初められたらしいが……」

アルベルトは踊りながらクリストフに笑いかけてきた。

「皆、君に見蕩れているよ」

「いいえ、アルベルトさまがご立派だからです」

多くの人に見られていながら、ダンスの時は見つめ合い、二人だけの世界にいるようだった。アルベルトは熱っぽく答える。

「いや、君が素敵だからだ……」

アルベルトは手袋ごし、クリストフの手に指を絡めてきた。そして、突然にクリストフを抱き上げ、高らかに声を上げた。

「愛しているよ、クリスティーナ！」

皆の前で頬にキスをして、抱き上げたクリストフをくるくると回す。広間の紳士淑女からは、大きな拍手と歓声が起こった。

「アルベルト殿下、おめでとうございます！」

「クリスティーナさま、お幸せに！」

アルベルトの首にしがみつきながら、幾重にも重ねられたペチコートの奥で、クリストフの茎がどくんと熱を持った。いくら、皆の前で仲のよさを印象づける演技とはいえ、クリストフには刺激が強すぎたのだ。

（ああ、もう、やめて……）

唇が半開きになり、きっと今、キスを欲しがっているような顔をしているに違いない。顔だけでなく、身体までもが火照り始めていた。

「アルベルトさま、もう、もう……」

囁くと、アルベルトの頬にもさっと赤みが差した。アルベルトはクリストフを下ろし、がくがくと震える腰を、ぎゅっと抱き寄せた。

「失礼、我がクリスティーナはこのような場に慣れていないゆえ、少々熱気に当てられてしまったようだ。申しわけないが、今宵はここで失礼する。皆さま、どうぞよき夜をお過ごしください」

そうして再びクリストフを抱き上げると、颯爽《さっそう》とその場を去っていく。誰もがその格好よさ、可愛い恋人の可憐《かれん》さに見蕩れた。

「帰ろう」

アルベルトは足を速め、いつの間にか戻っていたユージンにいざなわれて馬車に乗り込む。御者を務めるのもユージンだ。

「ア、アルベルト、さま……っ」

クリストフは無意識にドレスの胸元をはだけていた。誘うように、アルベルトの手をそこへ導いてしまう。どうしよう、馬車の外にはユージンがいるのに。狭い馬車の中は、アルファではなくオメガのフェロモンが立ち込めている。

「よく、やってくれた……」

アルベルトはレースの下、クリストフの胸の粒を探り当て、指の腹で捏ねる。深いキスが淫らな声が漏れるのを防いでくれたが、茎は反り返り、あふれ出した液が脚を伝い、ドレスの裾を濡らした。

「ん……っ」

ラルーカの効き目が切れるのが早すぎる……帰った、ら、また、飲ま、ないと……。

欲情を解放できないもどかしさに耐えながら、クリストフは考えていた。

アルベルトの自室に戻ったとたん、クリストフとアルベルトは着衣のままで寝台にもつれ込んだ。

「アルベルト、さま……」

ドレスをかき分け、ペチコートの中でアルベルトはクリストフの茎を握る。後ろの秘所も、もう濡れていることが恥ずかしくて視線を外したら、キスが降ってきた。

脱ぎ散らかされた絹の海を泳ぐように、二人は角度を変えて、深さを変えて求め合った。何度も意識を飛ばしかけながら、アルベルトの厚い胸に縋りながら、後ろから貫かれながら——クリストフは抱いてもらえる幸せに溺れる一方で、自分に言い聞かせていた。

(これは契約なんだ。愛じゃない。間違えるな……)

そしてアルベルトもクリストフのなかで達することはしなかった。苦しげな吐息と共に、つながっていたところから彼の雄が出ていく時の淋しさ……子ができないようにしているのだ。クリストフはせめて口で受け止めようとしたが、アルベルトは優しくクリストフを制した。

「私なら、大丈夫だから……」

その顔が優しければ優しいほどにクリストフは哀しくなる。アルベルトはクリストフの爪先にキスをして、行為を終わるのだった。そして抱き合った翌朝、クリストフはまたラルーカを飲む。アルファに擬態したあとの発情は激しく、これも副作用なのかな……と、クリストフは強い苦みを堪えながら思うのだった。

——そんなふうに、日は過ぎていった。

王子とその恋人を招待したい貴族はあとを絶たず、二人はできるだけ多くの夜会に出席した。

訪れる先は、アルベルトとユージンの画策のもとで選ばれていく。実際、夜会で得られる情報は貴重なものが多かった。ヒーメルを中心に張り巡らされた蜘蛛の巣は思ったよりも大きく、アルベルトは眉間を険しくしていることが増えた。

さらにその枝葉も多く、ユージンはもっと多くの夜会に出席することを主張していたが、アルベルトは厳選を命じた。

「やはり、クリスに擬態させるのは間違っている」

ある日、アルベルトがユージンに話しているのをクリストフは聞いてしまった。

「最近、顔色がよくない。化粧でごまかしてはいるが……」

「ラルーカという薬の副作用ですか」

「おそらくそうだろう。辛いとは言わないが、それだけに痛々しいのだ。やはり、彼だけに負担を負わせる契約など」

「契約？」

「いや、これは、私たちの間での話だ」

アルベルトが答えると、忠実な側近はそれ以上を訊ねることはせず、「わかりました」と答えた。

「では、厳選に厳選を重ねましょう。私は情報をまとめて参ります」

ユージンが立ち上がったので、クリストフは急いでその場を立ち去る。部屋の扉が少し開いていたのだった。

（アルベルトさま、僕の身体を気遣ってくださって……）

嬉しい思いは湧き上がる、だが、クリストフは自分を戒めた。

（もっとしっかりしなくちゃ……アルベルトさまに迷惑がかかってしまう）

実際、あまり食べることができなくて、エリザに心配をかけている。痩せてしまったらしく、エリザはコルセットを直してくれていた。

そうして、二人はまた夜会に出かける。アルベルトの心配そうな顔は日ごとに増し、クリストフは自分を鼓舞するために、あえてはしゃいでみせたりした。そしてまた、その夜には激しく抱き合うことの繰り返し――アルベルトはクリストフの身体を気遣ったが、つながっている間、触れられている間だけ、クリストフは血色を取り戻し、可愛い声で喘ぐのだった。

「あ……や、アルベルトさま、も、っと……ほし……」

「すまない、クリス……もうやめよう、こんなことは」

何をやめるのですか?

アルファに擬態することを? それでは、僕はあなたのお側にいられない。契約がなくなれば、こうして抱いてもらえなくなる……。

「次の夜会で最後にする」

きっぱりと言い切って、アルベルトはクリストフのなかから自らを引き抜く。彼のものは、まだ固さも熱さも失ってはいないのに。アルベルトは唇と指でクリストフを高みへと引き上げてくれたが、クリストフはもう、つながって溶け合う多幸感を知ってしまっていた。

(あなたのものが欲しい。あなたの子を孕みたい)

それはオメガの本能なのか。だが、僕の一方的な思いだ。アルベルトさまが言うように、愛し合うすべての者が幸せになれる日が来ても、彼の心はソフィが持っていってしまったのだから。

わかっていても、クリストフは強くそう願った。

——緊張が解けてしまったせいかもしれない。これで最後、という契約の終わりが哀しかったからかもしれない。最後の夜会に出かけるクリストフの顔色は紙のように白く、生気がなかった。全身が重くて座っているのも辛かったが、クリストフは力を振り絞った。

エリザは涙を溜めながらドレスを着つけてくれた。痩せてしまった身体をごまかすためにドレスに詰め物をし、化粧を濃いめにするが、生気のなさは否めない。

「本当に、今日お出かけになるのですか？」

涙声でエリザは問う。そして「出すぎたことを申してすみません」と詫びた。

「でも、クリスさまのお身体が心配でならないのです。ユージンはいったい何をしているのでしょう……」

「ありがとうね。エリザ」

クリストフは優しい侍女に笑いかける。

「でも、ユージンたちがアルベルトさまの指揮のもとで働いてくれたから、今夜で終わるんだよ。だから、笑って見送って」

まるで永の別れのような言い方は嫌だと、エリザはまた目を潤ませた。

「もうすぐ、ジーさまも戻られて平穏な日々が戻ってきます。クリスさまはお身体を休めて、また皆さまで楽しく暮らせる日が来ます。……行ってらっしゃいませ」

そうなのだろうか。前と同じ日々は戻ってくるのか？　僕はもう思いを告げてしまった。契約が終われば僕とアルベルトさまは新しい関係を築けるのだろうか。

扉の外では、正装したアルベルトが立っていた。王族しか身につけられない、絹で織り込み、金で縁取られた白いマントがまぶしい。ああ、なんて立派なんだろう、アルベルトさまは……。クリストフはアルベルトに肩を抱かれて身体を支えられる。

「歩けるか?」

黒い瞳が翳《かげ》っている。

「今日ですべてを終わらせる。君が苦しいならば即刻、計画は中止だ」

「大丈夫です」

としか言えないクリストフに、アルベルトは何度も何度も念を押す。

「よいな、決して我慢などするな」

今夜は、ベイモンド公爵家と並ぶ名門貴族、ハイランド伯爵家の夜会だった。黒幕は絞れてきている。ユージンがベイモンド公爵と並んで最も怪しいと踏んでいる、本命だ。

アルベルトが伯爵と話している間、クリストフは椅子にかけていたが、貴婦人たちの香水の匂いでむせ返りそうだった。だが、話しかけられれば初々しい笑顔を向ける。そういうことができる自分が不思議だった。アルベルトのためだと思うとなんでもできるのだ……とは言え、今日はさすがに限界寸前だった。

彼には話していないが、ラルーカの限界量をもう超えてしまっているのではないだろうか……。

アルベルトはクリストフが薬学を学んでいる学者にラルーカの解析を依頼したが「このような配合は見たことがない。グリンワルドにはない薬草が使われています」と報告が返ってきた。

『せめてその配合技術が明らかになれば』

兄のエーリヒはラルーカだけでなく、ほぼすべての薬の配合技術を隠しているのだろう。今回のことでよくわかった。それは、ヒーメルを筆頭に、悪薬を作らせるためだったのだ。だが、それもきっと、もうすぐ白日の元に晒される。

心ではそんなことを考えながら、クリストフは貴婦人のきつい香水を耐えるために扇で半分顔を隠し、微笑んでみせる、

「ご結婚が楽しみですわ。きっと美しいアルファの御子がお生まれになりますわね」

（そうだな……今、もしアルベルトさまが僕に精を注いでくださったら、きっとアルファの子が生まれるだろうな……）

そんなことを考えた時だ。自嘲的にくすっと微笑んだら、心臓にどくんと鈍い痛みが走った。椅子から身体が崩れ落ちる。

「誰か！　クリスティーナさまが！」

貴婦人の叫びが聞こえ、意識が薄らいでいく――。

「クリス！」

偽名も忘れてアルベルトが叫んでいる。抱き上げられた感覚があり、そこでクリストフの意識は途切れてしまった。


「もっと……もっと効能の高いものはないのか！」

クリストフの寝台の脇で、苛々《いらいら》を隠しきれないアルベルトが薬師に詰め寄っている。その様子を、クリストフはうつらうつらとしながら聞いていた。最後の夜会で倒れてしまったクリストフは、あれからずっと高熱に苦しんでいる。痺れたように、手足の自由も利かない。

「アルベルトさま、落ちついてください」

ユージンが制するが、アルベルトは激しく言い返した。

「これが落ちついていられるか！　おまえならもし……！」

「そのように取り乱されては、皆が不審に思います」

小声でいなされ、アルベルトはぐっと唇を噛みしめたようだった。薬師を下がらせ、ユージンは言う。

「恐れながら……ソフィアさまの時と同じ症状に存じます。あの時もどのようなお薬も効かず……賭けではありますが、ハルネスには何か妙薬があるのでは」

「ハルネスか……」

アルベルトが呟いた時、クリストフは彼の名を呼んだ。

「どうした？　苦しいのか？」

顔面蒼白のアルベルトが振り返る。そして、弱々しい声を聞き取るために寝台の側に膝をついた。

「そのように……お膝をつかれるなど……恐れ、多いです……」

「そんなことはどうでもいい。どうした？」

アルベルトはクリストフの薄くなってしまった手を温かく包んだ。

「ラルーカの、解毒剤、は……ハルネスに、しか、ありません……」

「あるのか？」

どうしてそれを早く言わないんだ。アルベルトは安堵した顔を見せる。その顔が今にも泣きそうで、クリストフは胸がぎゅっと痛んだ。

「こおりの、した、には、ふたつ、のおた、から……。あまい、においのおはな、と、まほうのおく、すりと……。どこに、あるかは、オーロラさんに、きいとい、で……」

息を切らせながらクリストフは口ずさむ。アルベルトは目を瞠ってその歌を聴いていた。歌い終えて、クリストフは弱々しく微笑んだ。

「ディレンカ、という、薬草です」

ハルネスの北の果て、氷河と接する山の麓の、一年中溶けない氷の下にそれはあるのだという。長年、危険を冒してまで採取することはしなかったが、昔は北の民たちが氷を割って採取していたらしいと。

「それが、本当の、魔法の薬……でも、なかば、伝説です……本当に、あるのか、どうか――」

「ハルネスへ行く」

クリストフが言い終わらないうちに、アルベルトは強い意志を込めた目をきらめかせて言い切った。

「婚姻法撤廃法案の提出は来週です」

対照的に、ユージンが淡々と告げる。

「それまでに戻ってくればいい。クリストフの身体も急を要する」

「そ、んな、アルベルトさま……」

アルベルトはクリストフを安心させるように、柔らかく笑った。

「何もできないと手をこまねいているよりは可能性に賭けた方がいい」

そしてまたユージンに向かい、きりっと眉を上げた。

「議会が始まるまでに必ず戻ってくる。その時に、ヒーメルの件も一網打尽だ。ユージン、あとを頼む」

「仰せのままに」

ユージンは深くお辞儀をしたのだった。


「アルベルトさま、僕も、連れていって、ください……」

「だが、君も知る通りハルネスはここよりずっと寒い。そして私が出向こうとしているのはさらに極寒の地だ。君を兄上のところに置いていきたくない。どうかここで——」

「連れていって、ください」

クリストフはアルベルトの袖を摑んだ。弱っているのに、その力はどこから出たのだろう。

「お側に、いたいのです……もう、あなたと、離れていたく、ない……」

「クリス……」

「わがままだと、わかって、います……」

「わがままなどではない」

アルベルトはクリストフの手を強く握り返した。

「私だって、本当は君を置いていきたくないのだ。でも、君の身体に障る……！」

「あなたと離れて、いる方が、きっと、もっと弱ります」

クリストフは笑った。その笑顔を見たアルベルトはクリストフの手に唇を触れ、誓うように頭を垂れた。

「私が、命をかけて君を守る」

「嬉しい……」

「ソフィアも、きっと君を守ってくれる」

「はい」

この王都からハルネス王宮までは、およそ馬車で三日。ユージンが自分の代わりに部下の中から——つまりはアルベルトの精鋭隊だ——馬を御することに長《た》けた者を選び、ハルネス王宮まで送り届けることになった。ジークフリートは新たにエリザが世話をすることになり、急いで諸々の準備が整えられた。クリストフは毛皮に包まれ、もう二度と戻ることはないだろうと思っていた、雪と氷に覆われた故郷へと向かった。

愛する人の腕に抱かれながら。

5

途中、吹雪に見舞われはしたが、馬車は無事にハルネス王宮に到着した。白夜とは逆の、太陽が昇らない冬の極夜に浮かび上がる銀世界はクリストフには見慣れた景色だったが、アルベルトには新鮮な驚きと感動だった。だが、幻想的なその景色に見入っている暇はない。

クリストフの兄、国王エーリヒは先に書状を送っていたためだろう、格式ばって、属国の王として丁重にアルベルトを迎えた。さすがに、アルベルトに抱きかかえられた弟の顔を見た時は驚きを隠せない様子だったが、すぐに慇懃《いんぎん》無礼《ぶれい》な笑顔で恭しく振る舞った。

「これはこれは。火急の用とは何事かと思いましたが、まさか我が弟とご一緒でしたとは」

エーリヒがじろりとこちらを見たので、クリストフは思わず目を逸らした。無意識に、アルベルトにしがみついてしまう。エーリヒはその親密な様子、クリストフの弱った状態から、ある程度のことを察したようだった。

「ラルーカ解毒の効能があるという薬草、ディレンカを探しに参った。どのように些細《ささい》なことでも、ディレンカの情報を教えてもらいたい」

ソフィアからクリストフに至るまで、一連の出来事を知っているアルベルトは、すでにエーリヒの狡《ずる》さや非道さを見抜いている。そんな男に頭を下げるアルベルトを見て、クリストフは悔しさでいっぱいだった。しかも、そうさせているのは自分なのだ。

エーリヒはにやにやした笑みを浮かべながら、さらに慇懃に答えた。

「なんと、ソフィアがラルーカを持ち出していたのですね。はて、いったいどうやって手に入れたのでしょう。それにしても、解毒剤が必要になるなど、クリストフは何をしたのです？　我が弟は少女のように美しく愛らしいゆえ、目が眩《くら》まれましたか？　それで、飲ませてみたらどのような具合になるか、お戯れにお使いになったのでしょうか。この世界では同性同士の交わりが大罪であることをおわかりになった上で？」

「違います、兄上！」

禁忌を破ったという弱みを握って上位に立とうとでも思っているのか、あまりにも下種《げす》なエーリヒに耐えかね、クリストフは力を振り絞って間に入った。

「僕が、抑制剤と間違えて飲んでしまっただけなのです。アルベルトさまはそんな僕を心配してくださって……！」

エーリヒは意味ありげに笑う。言い切って、息を切らせるクリストフ。そしてアルベルトは厳しい表情で詰め寄った。

「クリスの命がかかっているのだ。早急にお教え願いたい」

「ああ、ここにあればよかったのですが、そもそも解毒薬など、オメガに使用する必要はありませぬので」

　のうのうと答えるエーリヒに、アルベルトはもう我慢ならぬといった様子で怒りを顕わにした。

「それは、弱ったオメガたちを見捨ててきたということか。貴殿はそれでも王か！　弟の姿や妹の末路を思っても何も感じないというのか」

　エーリヒの考えていることは、ありありと顔に出ていた。忌々しげにクリストフを睨みつける。

　ここでアルベルトの機嫌を損ね、本国への薬の交易に支障が出ては大変だと思ったのだろう。そして、ヒーメルの流通について訊ねられることを危惧したに違いない。エーリヒは事務的に態度を取り繕った。

「この国の北の果て、キーブイ山の麓、氷河湖の近くに群生があると言われています。ですが私も詳細な場所は存じません。採りに行かれるとおっしゃるならば止めはいたしませんが。ああ、ここから北へは馬では無理です。犬ぞりを上手く御せる者でないと、辿り着くことはできません」

「……ゼアなら、力を貸してくれる」

「ゼア？」

「クリストフさま、ゼアはここに控えております」

部屋の物陰から、初老の男が姿を現した。

「ゼア、おまえ、誰に許しを得て忍んでおった！」

エーリヒは怒ったが、彼はものともせずにクリストフの側に歩み寄った。

「クリストフさまがお戻りと聞き、居ても立ってもいられませんでした。ひと目お顔をと思い、それがこのような……」

「ゼア、元気、かい？　心配かけたね……」

目頭を押さえていたゼアは、きっ、と顔を上げ、アルベルトに訴える。

「私はクリストフさまを幼少の頃からお世話させていただきました。クリストフさまのためならば、命も惜しくありませぬ。どうか、私めに御者をお申しつけください」

アルベルトはゼアに手を差し伸べた。

「ありがとう……ぜひ、力を貸してほしい」

ゼアは慌ててアルベルトの前にひざまずいた。

「ありがたき幸せにございます。喜んでお供いたします」

彼は王都よりも北の民族の出身で、犬ぞりには慣れているし辺りの地理にも明るい。彼の助力は本当に心強いものだ。クリストフはゼアの自分を思う心に涙せずにはいられなかった。アルベルトはそんなクリストフを包み込むような目で見ている。

小さく舌打ちの音が聞こえたのはクリストフの気のせいだろうか。

「では、すぐに準備をいたします」

ゼアが急いで部屋を出ていったあと、エーリヒは優しげな口調で提案してきた。

「クリストフは置いていかれたらいかがですか。いろいろあったとはいえ、我が弟。お戻りまで、こちらで手厚く看護をいたしましょう」

兄の物言いに、クリストフはぞっとして身を強張らせた。だが、アルベルトは彼の本性を見抜き、それが偽りの優しさであることをわかっていた。

「いや、クリスは連れていく」

「ですが、あちらは想像を絶する極寒です。今のクリストフでは無理でしょう」

「私が温めて守るゆえ、心配は無用」

アルベルトはきっぱりとエーリヒを突き放す。差し出した気遣いを撥《は》ねつけられたエーリヒは気を悪くし、本性を現した。

「それではどうぞお好きなように。採れるものなら、採ってみればいい」

(どうせなら、二人とも凍死すればいい。そうすれば……)

二人のやりとりを見守っていたクリストフは、エーリヒの下卑た心の声が聞こえたような気がした。

＊＊＊

　その麓にディレンカの花が咲くキーブイ山は、エーメという地域にあった。ハルネスの最北地だ。近づくにつれ極夜はより濃くなっていったが、「この季節、こんなに穏やかな日が続くのは珍しいです」とゼアは言った。

「きっと、よい前兆です」

「ああ、そう信じている」

　犬たちを速く走らせるためには、そりは少しでも軽い方がいい。アルベルトは自分とクリストフだけが乗ることを決め、残る部下たちにはエーリヒの監視を命じた。

　白い犬たちの首につけられた鈴の音も軽やかに、そりは出発した。クリストフは毛皮で幾重にも包まれ、さらにアルベルトの外套《がいとう》に包み込まれている。熱で朦朧《もうろう》としながら、あの子守歌を口ずさんでいた。

「……オーロラさんに聞いといで」

初めて歌を聴いた時から、アルベルトはこの歌詞が妙に気になっていた。

『あまりにも美しくて神々しいから、死んだ魂が天へ昇っていく時の道だと言われているんです。他にも、オーロラがうねると子どもが攫われるとか』

クリストフはそう語っていたが、そんな畏怖の存在であるオーロラが、子どもを寝かしつける時に歌われるとは。

『早く寝ないと、オーロラに攫われるぞ、って意味なんじゃないでしょうか。そういえば、ジーに「オーロラちゃんってだあれ」って聞かれました』

『それで、なんて答えたんだ？』

『難しくって……光のドレスを着た女神さまだよ、って言いました」

『そしたら？』

『男のオーロラちゃんはいないの？　って追求されました』

『さすがはジーだな』

かつて、二人でそんな話をして笑った。そして今、こうしてオーロラを目指している。

夜が暗ければ暗いほど、オーロラは美しい光を放つ。子守歌はその地の伝承から生まれるものだ。オーロラの光がその場所をなんらかのかたちで指し示すに違いないとアルベルトは考えていた。

クリストフは朦朧とはしていたが、エーリヒの城にいた時より呼吸は落ちついていた。

アルベルトの体温を感じ、一緒に子守歌を口ずさんでくれる声に心地よさを感じながら生きていることを確かめる。

途中の村で一泊し、一行はついにキーブイ山の麓の氷河湖についた。だが、氷河湖も麓の雪原も広大だ。大きすぎて見当もつかなかった。

「途中、エーメの者にも確かめましたが、昔、氷河湖沿いで採取されたことは間違いないようです。しかし、この広さでは……しらみつぶしに探すしかないでしょうか」

「いや、オーロラを待とう」

不安げなゼアに、アルベルトはクリスの歌声を聴きながら答えた。

オーロラは毎日現れるわけではない。この季節は高確率ではあるけれど……。

(頼む、今夜中にその姿を見せてくれ)

アルベルトは空に願った。いや、祈った。

クリストフの衰弱はますます進み、うとうと眠っていることが多くなった。歌声が聞こえないと、はっとして脈を確かめる。何度か、口移しで熱冷ましの薬湯を飲ませた。

「あの時と逆だな」

クリストフの喉がこくんと動いたのを確かめて、アルベルトが独りごちた時だった。

「アルベルトさま、あれを!」

ゼアが指差す方角を見ると、光のカーテンが幾重にも折り重なって現れるところだった。

紫、緑、青、赤……それぞれで、または重なり合いながら、その襞が畳まれていく。

「なんという美しさだ……クリス、ほら、オーロラだ。お宝の在処《ありか》を教えてくれるぞ！」

「きれい……」

クリストフは口を開いた。ずっとうとうとしていたのに。

「あなたと、見られて……よかった……」

「クリス、しっかりしろ！　ほら、君の瞳と同じ色の光だ！」

目を閉じようとするクリストフに、アルベルトは懸命に語りかけた。

「いいか、今度はジーも連れてきて、三人で見るんだ！」

このまま、光の道を昇っていってしまうのではないかと、アルベルトは恐怖を覚えた。

クリストフをしっかりと抱きしめ、オーロラの揺れるさまを見る。

（どうか、連れていかないでくれ……！　オーロラよ、ディレンカの場所を教えてくれ！）

祈りが届いたのかどうか——オーロラの光が降り注ぐ雪原の中で、湖沿いの一角がきらりと光ったのをアルベルトは見た。

「あれだ！」

アルベルトは叫ぶ。ゼアはもう、犬たちを動かし始めていた。光った場所を目指し、そりは動き出す。

「おまえたち、急ぐんだ！　あとでごちそうだからな！」

ゼアは犬たちに発破をかける。犬たちも期待に応え、氷河湖に沿って雪原を駆けていく。光は消えることなくだんだんと濃く、明るくなっていった。雪原が発光しているのがわかるようになり、そりはやがて光る一帯に辿り着いた。氷河湖に反射して、この世のものとは思えぬ美しさだ。

——オーロラさんに聞いといで。

「クリス、待っていろ」

額にキスしてゼアと共にその場所に降りたアルベルトは、雪をかき分けた氷の下に、光を放つ二種類の花の群生があるのを見た。氷の下にありながら、花たちは凜としてそこに咲いていた。オーロラの光の作用により、花が咲いたのだ。そうとしか思えなかった。

極寒だが夢中だった。ゼアと二人、鉄の鍬《くわ》で氷を割り続ける。次第に、厚い氷に穴が開き始めた。

早く、早く——。

「アルベルトさま！」

ゼアが最後の一撃を呼びかける。アルベルトは鍬を捨て、自らの剣を、氷に突き刺した。ガツンと手応えがあって、氷にヒビが入る。アルベルトはヒビの上に飛び降りた。

バキッと音がしてついに氷が割れ、アルベルトは光る花の群生の中に降り立った。とたんに漂う、甘い香りと清々しい香り。黄色い花と、白い花と、どちらがディレンカなのか……だが、それは子守歌が教えてくれていた。

——甘い匂いのお花と、そして魔法のお薬と。

「これだ！」

アルベルトは清々しい香りを放つ白い花を摘もうとした。だが、茎が細くて手袋の厚さが邪魔をする。

「アルベルトさま、手袋をお取りになってはなりません！」

ゼアが悲痛な声で叫ぶ。手袋を引き剥がしたその瞬間、皮膚に刺すような痛みが走ったが、かまうものか。クリスのためなら指の一本や二本どうなってもいい。素手で花を摘み取り、アルベルトは氷の穴を這い上がってクリストフのもとへと戻った。

茎を握りしめていたら、刺すようだった皮膚の痛みが、みるみる和らいでいく。

「クリス、ディレンカだ！　魔法の薬だ！」

「ディレン、カ……？」

クリストフは細めた目で呟いた。

「いい、匂い……」

差し出された白い花の爽やかな香りを吸い込む。すると、どうだろう。クリストフの浅かった呼吸が、深く整い始めたのだ。脈もしっかりと刻まれる。

「クリス！」

「アルベルトさま……」

弱々しくはあるが、はっきりと答えたクリストフをアルベルトは強く抱きしめた。魔法の薬は本当にあったのだ。

雫ごと花びらを口に含み、アルベルトはほんのりと血色を取り戻していくクリストフの唇にくちづけた。

「愛している」

クリストフと出会って初めて、その言葉を添えて。

オーロラの光が、二人の姿を神々しく包み込んでいた。

6

ディレンカの解毒作用は予想以上のもので、まさに魔法のようにクリストフの症状は落ちついていった。

「本当に、アルベルトさまは素晴らしい方ですね」

クリストフの枕元で、ゼアはディレンカを煮出したお茶を淹れていた。クリストフのための煎じ薬だ。部屋中に、お茶の清涼な香りが漂っている。

「雪原が光ってからの行動がもう、迅速で、的確で、私も夢中でした」

「犬たちが、がんばってくれたんだってね」

「ええ、まるで私たちの思いが伝わったかのように働いてくれましたよ」

「ご褒美はあげてくれた？」

「もちろん、肉をたっぷりと！」

ゼアはもともと静かに話す質だ。だが今回は興奮気味だった。アルベルトと共に働いたことで、すっかり彼に心酔してしまったようだ。アルベルトがいかに懸命で、格好よかったのかをゼアは夢中で語る。

「ご自分の剣で氷にヒビを入れられたところをご覧になっていただきたかったです。まるで、ガーガネンのようでございました」

ガーガネンというのは、北方神話に出てくる英雄のことだ。大地に剣を刺し、戦いを鎮めたという逸話が残っている。誇張でもなんでもなく、ゼアにはそう見えたのだろう。もちろん、クリストフも想像することができた。

「見たかったたな……その時の僕はうつらうつらしてたんだよね」

ディレンカのお茶を飲みながら答える。飲み終えた茶器を受け取って、ゼアはクリストフを見つめた。

「クリストフさま……アルベルトさまは、まさにクリストフさまのために命をかけておいでした。本当に、素晴らしい方に愛されておいでなのですね」

しみじみとした口調が心に沁みる……だが、クリストフは半信半疑……というか、まだ自分の中で整理ができていなかった。

『愛している』

そう言われてキスされたのは夢？

ディレンカの清らかな香りがしていた。冷たい水滴が喉を濡らして、互いの唇に花びらがついていて、少し笑い合った。あのあと、アルベルトとゼアが無事だったことで気持ちが緩み、身体が楽になってすうっと気持ちよく寝入ってしまったのだ。そうして目が覚めたら、ハルネス王宮の元の自分の部屋だった。あれから、まだアルベルトには会っていない。

「でも、僕たちは男同士で、アルベルトさまはアルファで僕はオメガだから……」

育ての親にも等しいゼアには、そんな弱音も吐いてしまう。ゼアは包み込むような目でクリストフを見た。

「たとえ禁忌であるとしても、私は、お二人の幸せをお祈りいたします」

そう言って静かに立ち上がり、茶器を乗せた盆を携える。

「では、私はこれで……そろそろいらっしゃると思いますので」

「えっ？」

いらっしゃるって、アルベルトさまが？

急に恥ずかしくなり、クリストフは両手で顔を覆って、どんな顔をしたら……と焦ってしまった。

そしてゼアと入れ違いに、アルベルトが姿を見せる。

アルベルトはシャツに上着を羽織った軽装だったが、ゼアが語った神話の英雄が降臨したかのようなオーラを放っていた。焦っていたことも忘れて、クリストフは改めて見蕩れてしまう。

「アルベルトさま」

もっとお側に行きたい。寝台から立ち上がろうとしたクリストフを制し、アルベルトは腰を屈めてクリストフにくちづけた。

「愛している」

そして、黒い瞳が優しく緩む。ディレンカの香りも花びらもないけれど、それはまるで――。

「君が覚えていないのではないかと思って、再現した」

「お、覚えています……！」

頬を真っ赤に染めながら、クリストフは恥じらった。夢じゃなかったんだ……。幸せが押し寄せてくるが、心がついていけない。あわあわとしているクリストフを、アルベルトはぎゅっと抱きしめた。

「よかった……君が助かって」

よかった、よかったと繰り返しながら、髪を撫でられる。クリストフは逞しい首に腕を回した。

「ごめんなさい……僕のせいで危険なことを……僕が今、生きているのはアルベルトさまのおかげです。本当に――」

語尾をアルベルトの唇に奪われる。

「ん……」

「愛しているから……失うかもしれないと思ったら、ずっとこの思いを告げないでいた自分を呪いたくなった。私は、君に謝らなければならない」

少しキスが深くなる。溺れてしまいそう。アルベルトさまの話も聞きたいのに……。

「謝るなんて……」

「そのせいで君を苦しめた。ソフィアを愛しているのかと訊ねられた時は、罪悪感で胸が抉《えぐ》られそうだったよ。もちろん、ソフィアのことは今も大切に思っている。だが、それは恋情ではない。もっと、家族に抱くようなものだ。……だから君にそんなことを言わせるなんて、どれだけ自分が腹立たしかったことか」

アルベルトは眉間を険しくし、自分を責めていた。

「言い訳になってしまうけれど、同性間の交わりが禁忌である以上、もし君が罰せられるようなことになったら思うと、どうしても言えなかった。早く、堂々と君と愛し合える世を作りたかった。ソフィアの哀しみを無駄にしたくなかった。ユージンたちも他の者たちも堂々と暮らせる世を……それを教えてくれたのは君とソフィアだ」

「僕たちが？」

クリストフが目を見開いて問うと、アルベルトは額にキスをした。

「私はずっと……ものごころついた頃から、女性に恋情を抱けない、男を愛したい人間だった」

アルベルトの告白は衝撃だった。クリストフは再び目を見開く。

「だから、王子としてアルファ姫との結婚は避けられないことを気に病んでいた。愛する人と巡り会った時に結ばれないのなら、いっそ、こんな世の中から逃げ出したいと思っていた。そんな時、妾妃の話が持ち上がって、どうしても断れないようにがんじがらめにされて自棄になっていたのさ。でも、ソフィアの肖像画は儚げで、哀しみを抱えているように感じた。何か悩んでいることがあるのだろうか。彼女に自分を重ね合わせて、この人を守りたいと思ったよ。たとえそれが恋情でなくても」

そうして、ソフィアと恋人の告白を聞いた。ユージンもまた、許されない恋をしていた。アルベルトの心に、やるせない怒りの炎が生まれる。こんな、人を不幸にするような法など……！

「そして君と出会った。妹の生死を確かめに来て、まっすぐな目で私に向かってくる。その目力に惹きつけられたよ。辛いものをたくさん背負っているのに、健気でひたむきで、時に無垢《むく》で……守りたいと思った。惹かれずにはいられなかった。それまでの私は、自分が愛する相手と結ばれないことが不幸だと思っていた。だが、そうではない。人の幸せを阻むのは、愛を踏みにじる、根拠のない伝承や法のせいなのだ。それならば世を変えようと思うようになった。君と、ジーといる未来のために」

「僕はっ、……あの、最初あなたに反感を抱いて、でもどうしようもなくあなたに惹かれていく自分が止められなくて……」

「いいよ、わかっているから」

アルベルトはひとさし指でクリストフの鼻先をちょん、と突いた。それはそれは甘く、とろけそうな顔で。

「わかって？」

きょとんとしたクリストフにアルベルトは笑いかける。今度は少しバツの悪そうな顔で。

「君が私を慕ってくれていることはわかっていた。発情期に求められて嬉しかった。溶け合っていく感覚に、君はきっと私の運命の番だと確信していたよ」

「そんな……！　言ってくださったらよかったのに」

顔を真っ赤にして抗議するクリストフの髪を、アルベルトはあやすようにかき混ぜる。

「だから言えなかったんだよ。君が大切だから。私がどれだけ我慢をしていたか、あとでじっくりと教えてあげるよ」

意味ありげで妖艶に微笑まれてしまうと、クリストフは何も言えなくなってしまう。あとって……あと、だよね？

「契約だなどと言って、君を離せずにいた私には、きっと天罰が下るだろうと思っていた。だが、契約はもう終わりだ」

アルベルトはきっぱりと言い放ち、まっすぐにクリストフを見つめた。クリストフも愛を込めて見つめ返した。

「私は君を愛している。全世界にそのことを叫びたい。君が完全に回復したら、早く君と愛し合いたい。もう少し、待っていて……」

語尾はショコラのようにクリストフの唇に絡められて溶けていった。

「僕も……ここじゃ、いや……」

濃厚なキスに応えながら、クリスは願う。

「グリンワルドのお城が、僕の家だもの……ん……っ」

「仰せのままに……早く我が城へ」

アルベルトはクリストフの唇を解放した。そして甘い表情はしまい込まれ、威厳ある王子の顔になる。

「ここを去る前に、もうひとつ、やらなければならないことがある」


やらなければならないこととは、エーリヒに対しての追及と通告だった。

ハルネスはグリンワルドの属国だ。主国は属国を監視し、属国は主国に従わねばならない。だが、属国に対して無理難題を強要する国もある中、グリンワルドはいつも公平で正当だった。ただし、罪を犯した国には入念な調査のもと、厳しい制裁が加えられる。

クリストフの容態が落ちつき、これからグリンワルドへ帰るその前に、アルベルトはエーリヒを呼んだ。手元には多くの紙の束、アルベルトは厳しい表情をしており、エーリヒは冷や汗を浮かべて萎縮していた。

「この一年ほど、我が国では『ヒーメル』と呼ばれる悪しき薬が横行し、中毒症状で廃人となったり、命を落とす者が増えていた。薬を巡る犯罪も増加している」

「は、はあ……」

「調査の結果、ヒーメルはハルネスにしか生息しない植物から精製されていることがわかった。それが安価で出回ったために、市民たちも手を出しやすい状態が生まれてしまった。これがどういうことかわかるか?」

「はい、あの……」

アルベルトはじりじりとエーリヒを追い詰めていく。エーリヒは懸命に平静を保とうとしている。クリストフはその様子を見ていた。

(兄上は普段は横柄なのに、強い者には弱いんだ)

兄の窮地を見ても、なんの情も湧かなかった。一連の調べをまとめ上げたユージンの報告のもと、兄が諸悪の根源だったことを知っていたからだった。

ヒーメルだけではない。エーリヒはヒーメルの他に、アルファ擬態薬ラルーカをも闇で作らせ、王宮のオメガに使用するだけでなく必要とする者に売りさばいていたのだった。

今回、身をもってその恐ろしさを知った。ソフィアの死も、これまで道具として使い捨てられてきたオメガのことも償うべきだ。アルベルトはラルーカについても言及すると約束してくれた。

「我が国の精製技術や豊富な薬草をそのような悪しき薬に使用されるなど、大変遺憾です。おそらくハルネスへの交易に混ざったものと思われます。すぐに調べを開始し……」

「生憎、その交易経路については問題ない。すでに調査済みだ」

アルベルトはエーリヒの目の前に紙の束を広げてみせた。

「昨日、早馬で届けられたものだ。貴殿は、ここに書いてあるグリンワルドの貴族たちと面識があるだろう」

そこには名だたる名門貴族たちの名前が書き連ねてあった。クリストフとアルベルトが出席していた夜会を開いていた、貴族の面々だ。その名前は線でつながれており、その頂点にあるのはハルネス国王、エーリヒの名前だった。エーリヒは息を呑んで顔を引き攣《つ》らせ、黙ってしまった。そのことが何よりの自白になった。

「兄上……」

クリストフは悲痛な声で呼びかけた。

「この薬のせいで、どれだけの人の人生がめちゃくちゃになったか、考えたことがありますか？」

弟の訴えに、エーリヒは黙っている。震えるクリストフの肩にそっと手を置き、アルベルトが続けた。

「そして、アルファ擬態薬ラルーカ」

アルベルトの表情は、威厳よりも哀しみの色が濃くなっていく。

「どれほど多くのオメガがラルーカによって使い捨てられたことか。ソフィアはもちろん、そしてクリスにも辛い思いをさせてしまった。それは、私の一生の後悔だ」

「兄上、薬は人を癒やして、幸せにするものです。僕はグリンワルドで、ハルネスの薬で命を救われた人たちもたくさん見てきた。ハルネスの薬は素晴らしいんだ。これ以上、ハルネスの薬を汚さないで……！」

エーリヒは黙ったままで、唇を震わせていた。こういう様子の兄は、何かを堪えているのだ。彼はきっと、このまま王位を剝奪されることを恐れているのだろう。

「詳しいことは追って沙汰をするが、今後、ハルネスには我が国から薬草学者を派遣し、精製と流通についての監督官を置く。つまり、今後ハルネス産の薬については、グリンワルドがすべての権利を掌握するということだ」

「我が国の分も……ですか」

「そうだ」

アルベルトはきっぱりと答える。

「だが、貴殿は情薄きとはいえ、クリスとソフィアの兄だ。彼らに免じて、ハルネス国は今まで通り貴殿に治めてもらう」

クリストフから見れば温情がありすぎる措置だったが、エーリヒはこのまま王である代わりに、薬に関してのすべての権利を失った。彼は誓約書に署名をし、城中のラルーカとヒーメル、他の怪しげな薬も皆、廃棄するように命じた。もし廃棄しなければ、すぐに監督官からアルベルトに報告が届く。これですべての裁きが終わった。

だが、エーリヒはこの期に及んで、負け惜しみを吠《ほ》える。

「殿下とクリストフの関係が露見しないことを願っておりますよ」

「心配には及ばない。そのようなこと、無意味となる時代がもうすぐやってくるのだから」

余裕で微笑むアルベルトは、まさに王者然としていた。そんな彼にクリストフは目を奪われずにいられない。彼が誇らしくてならなかった。

「兄上、僕は幸せになります。もう、お会いすることもないでしょう」

慈しまれたことなどなかった兄だった。彼との真の決別は、クリストフの新しい門出でもあった。二人は踵を返し、グリンワルドからの迎えの馬車に向かう。

「アルベルトさま、クリストフさま」

ゼアが馬車の側に立っていた。

「どうぞお元気で。お幸せに……」

涙ぐむ彼に、アルベルトは爽やかに笑いかける。

「ゼア、君さえよければ、グリンワルドに来て、クリスの侍従になってはもらえないだろうか？」

「ゼアがいなければ、僕は今ここに、こうしていられなかった。今度こそ君を置いていきたくない。一緒に行こうよ、ゼア」

目を瞠るゼアに、クリストフも笑いかける。

「ありがたき幸せにございます」

ゼアは目元を潤ませ、深く頭を垂れた。

自分たちに力を貸したゼアに、エーリヒが制裁を加えるだろうことをアルベルトは承知していた。こうして、三人を乗せた馬車はハルネスをあとにし、一路グリンワルドへと駆けていった。

＊＊＊

「ごめんなさい、アルベルトさま」

途中、馬を換え、ゼアが手綱を握った。早駆けの馬車の中、クリストフは申しわけなさそうに瞳を曇らせた。

「僕の回復を待っていたせいで、大切な日にぎりぎりの到着になってしまって」

「何を言うんだ。君の命が一番大事だ。それに、ユージンが準備を整えてくれている。さあ、私の大好きなエメラルドを曇らせないで」

アルベルトはクリストフの頬に手を添え、唇を重ねる。

「はい……」

（アルベルトさまの甘いキスこそ魔法の薬なんじゃないだろうか……）

クリストフは思う。僕をとろかして幸せにする魔法の薬だ。

今日はアルベルトの招集により、グリンワルドで議会が開かれる日だった。

アルベルトは、ヒーメルで私腹を肥やした者を摘発すると共に、婚姻、恋愛の自由について、現行法の撤廃を提案することになっている。すでにユージンが手筈《てはず》を整えて、二人の到着を待っているのだ。

馬車はもうグリンワルドの領地に入っている。雪は徐々に少なくなり、街道沿いには赤い冬バラが咲いている。帰ってきたんだ――クリストフは胸を熱くした。

ハルネスで生まれ育ったのに、自分の故郷はここなのだと思えてならない。アルベルトの側に自分の生きる場所があるのだと。

当然だが、クリストフは男の格好に戻っている。ラルーカは葬られ、今後、あの薬がオメガに使用されることはない。

ありのままの姿でアルベルトと手を携えて議場に入るのだ。男同士、アルファとオメガ、自分たちは愛し合っていることを、身をもって訴えるために。

「もうすぐ、ジーに会えるんですね」

早く、思いっきり抱きしめたい。クリストフは目を潤ませる。

「そして、いい知らせが待っているんだ」

「えっ、なんですか？」

「内緒だ」

アルベルトは楽しげに片目を瞑《つぶ》ってみせた。

「きっとクリスも喜ぶぞ。そのためにも私は法の撤廃を成し遂げる。皆が幸せになるために」

そうして、馬車はグリンワルド王国の議場に到着した。

「お待ちしておりました！　さあ、中へ」

議場の入り口でユージンが待っていた。生き生きと目を輝かせ、頬が上気している。

「留守中、任せてしまってすまなかった。礼を言う」

「恐れ多いことでございます。私はすべてアルベルトさまのお心のままに働いただけのこと。クリストフさまがお元気になられて何よりです。さあ、行きましょう」

ユージンはクリストフに深く礼をして、手を伸べ、二人を議場へといざなう。

（ユージン、変わった？）

彼の雰囲気が柔らかくなったと思うのは気のせいだろうか。アルベルトに確かめる間はなく、二人は議場へと入った。中には、退屈そうに貴族上位議員たちが集まっていた。

「法案など、いつも通りではないか。さっさと終わらせよう」

だらだらと椅子にもたれ、文句を言ったのはベイモンド公だ。

「そうですな、ゆっくりお茶をいただいて、どうですかな？　午後はカード遊びでも」

提案したのは、ハイランド伯だ。

「いや、今日はアルベルト殿下の招集ですぞ。なんでも、現行法の撤廃について審議するとか。長引くかもしれませんな」

「王子なら、執務室でふんぞり返っていればいいものを……そもそも、結婚しないから王になれないのだ」

緩んだ上位議員――名門貴族で構成された議員たちに対して、主に中流貴族からなる下位議員たちは真剣な顔で座っている。下位議員はアルベルトに心酔し、少しでも世の中をよくしたいと考えている者が多い。だが、議決の優位性は上位議員にある。

アルベルトはこうした議会のあり方にも懸念を抱き、平等性を主張していた。上位議員たちには目の上のコブ状態だった。

「ほら、殿下のお出ましだ。なんだ、ずいぶんと美しい青年を連れているではないか」

「愛人ではありませぬか？　正妃を娶らないのは実は……という噂もちらほらと」

「殿下は、ハルネスから来たオメガの妾妃が忘れられないのではなかったか？」

「それにしても、あの青年、どこかで見たような……」

「静粛に！」

長いガウンをまとった議長が、議会の始まりを告げる。上位議員たちは億劫《おっくう》そうに前を向き、下位議員たちは衿《えり》を正して背筋を伸ばした。

「本日はアルベルト殿下により議題が提案される。殿下、どうぞこちらへ」

アルベルトは立ち上がり、クリストフの手を握った。アルベルトに手をつながれていても、緊張で心臓が痛いほどだ。皆の視線が集中しざわざわとどよめきが広がる中、二人は中央まで進んだ。

（大丈夫だ）

アルベルトはクリストフに笑いかけ、堂々と前を向いた。

「さて、本日は、とある法の撤廃について提案させていただきたい。その前に、ここにお集まりいただいた皆さま方に報告を」

クリストフは肩を引き寄せられる。緊張していたが、アルベルトに倣って堂々と顔を上げた。彼がいれば大丈夫。アルベルトさまがいれば、僕は強くなれる。

「彼の名はクリストフ・アルストロ・デ・ハルネス。生涯愛することを誓う私の恋人、そして運命の番だ」

初々しく頰を染めたクリストフは、皆の前、丁寧にお辞儀をした。議場は一瞬、水を打ったように静まり返ったかと思うと次の瞬間、大きなどよめきが起こった。

「あれは男ではないか！」

「しかも番だと？　では、殿下はオメガと愛し合っているというのか？　二重の禁忌を犯した、神をも恐れぬ大罪だ」

「だが、あの男、なんと美しい……」

勝手勝手なざわめきを破るように、アルベルトは声を上げる。

「そうだ。私は男性を愛している、そしてバースの壁をも越える。今日、私が提案するのは、同性間及びバース間の交わり・婚姻を禁ずる婚姻法の撤廃だ」

「アルベルト殿下、あなたは自分の嗜好《しこう》のために、神聖な法を私物化しようとされるのか！」

まず声を上げたのはベイモンド公だ。彼は名門貴族の代表として、若い王子に喝を入れてやらねばといった顔で立ち上がった。尊大にふんぞり返り、自慢の口髭《くちひげ》をねじる。

「私物化ではない。私は彼を愛して強く思うようになったのだ。この法が多くの民を不幸にしている源だと」

「神聖な法を不幸の源だなどと、そのような！」

「アルベルト殿下のお話を遮らないでいただきたい！」

今度は下位議員から声が上がった。

「では聞こう、ベイモンド公」

アルベルトは何に動じることなく彼を見据える。美しい顔に、クリストフが見たことのない凄みが増す。

「オメガが誰と結ばれようと、いずれの同性同士が結ばれようと、貴公の生活に何か支障が生じるか？」

「お待ちください！　そもそも、そのようなことを論じるのはおかしいではありませんか」

アルベルトの迫力に圧されたベイモンド公を援護しようと、ハイランド伯が立ち上がる。

「太古、オメガの男がアルファ神を誘惑したことで、不吉なことが次々と起こったのですよ。今またそのようなことを叫べば、きっと神罰が下ります。災害、干ばつ、飢饉《ききん》が起き、この世は乱れに乱れました。暴動が起き、犯罪が増え、その時あなたは次代の王として責任を取れるのですか！」

そうだそうだと上位議員から声が飛ぶ中、雑音をかき消すように、アルベルトの声が響き渡った。

「この世界に生きているのは、神ではなく人間だ。私は愛する者と子どもをもうけ、幸せになる。皆、そうして愛する者と幸せになりたいだけなのだ。そうすることで誰かが損をするのか？　飢饉や干ばつが起こるのか？」

「損をするのは、オメガを道具のように利用してきた者たちだ！」

下位議員席から声を上げたのはユージンだった。

「オメガを最低な賃金で働かせて私腹を肥やし、慰みものにして楽しんできたのはアルファであるあなた方だ。そしてバース間の婚姻を禁じることで、産業や事業が一部の層に独占されてきた。だがそこで、実際に経済を支え、税金を納めてきたのはベータ層だということをご存じないのか。まさかそのようなことはありますまい。……優秀なアルファであられる方々が」

ユージンは痛烈に上位議員を皮肉った。学問でも産業でも、ベータの活躍はすべて一部のアルファたちに奪われてきた。今度は下位議員たちから賛同の声が次々と上がる。

「そういう鬱憤が世を乱れさせるのだ」

「アルファの中にも同じような序列がある。嘆かわしいことだ」

上位議員席からも声が上がった。ベイモンド公たちと敵対していた者たちだ。

同じ上位議員からやり玉に挙げられ、ベイモンド公は鼻息荒くアルベルトに詰問した。

「いやしくも王子たるものが禁忌を犯すようなことをされるから、世が乱れるのではないのですか？」

（ああ、ベイモンド公は墓穴を掘った……）

クリストフはアルベルトを見上げた。アルベルトもうなずいて返す。

「では、こちらを見ていただきたい」

アルベルトの側近の者たちが両側から大きな紙を掲げる。グリンワルド王家の紋章が焼きつけられている正式文書だ。そこに掲げられていたのは——。

「昨今、ヒーメルという幻覚をもたらす薬がハルネス国より入り込み、多くの中毒者が廃人となり死者も出た。安価で手に入るこの薬は、虐げられたオメガ層や、努力が報われないベータ層にはびこった。この乱れた世を生み出したのは誰なのか、しかとその目で見届けていただきたい」

そこにはベイモンド公、ハイランド伯を始め、ヒーメルの密売に関わり私腹を肥やしていた者たちの名が書き連ねてあった。

「でっち上げだ！」

ベイモンド公を筆頭に名前が挙がっていた上位議員たちが、青筋を浮かべ、わなわなと肩を震わせる。

「証拠はこちらに」

綿密に調べ上げられた証言や、流通経路がユージンによって読み上げられる。クリストフとアルベルトが出席した夜会で集められた情報だ。

もうどこにも彼らの逃げ場はなかった。往生際悪く抗う彼らに、エーリリヒの姿が重なるとクリストフは思った。

「ご察しの通り、僕はオメガです。そして、かつてはハルネスの王子でした」

心のままに立ち上がり、クリストフは皆に呼びかけていた。

「ハルネスからこのような薬が流れてきたことをとても哀しく思います。そして僕の兄、国王エーリリヒが加担していたことを、お詫びしたいと思います」

クリストフは深く頭を垂れた。アルベルトの温かい手が背に添えられる。力が湧いてくるのがわかった。クリストフは、しゃんと頭を上げた。

「本来、薬は病や怪我を癒やし、人々に幸福をもたらすもの。そして、何に縛られることなく怯《おび》えることなく愛し合うことも、人々を幸せにするのではないでしょうか。僕はオメガに生まれ、自分など幸せになれないと思っていました。でも、アルベルトさまに出会えたのです。僕はアルベルトさまを愛しています。どうか……」

クリストフは声を詰まらせた。ソフィアの顔が胸を過る。泣きたいような衝動が押し寄せてくる。

「皆さまも幸せでありますように……」

議場に、祈りのようなクリストフの声が響く。緊張から解放されたクリストフは脚から力が抜け、アルベルトの腕に抱き留められた。

「すみません、勝手に発言してしまって……」

「いや、それでこそ私の愛するクリスだ」

そして、下位議員席からひとりの男が立ち上がった。

「私も同性の者と愛し合っています。いつ見つかって断罪されるか、毎日不安でならなかった……！」

「私は、オメガの妻と子をずっと家に閉じ込めていました。明るい空の下を、皆で歩くのが夢だった」

　上位議員からも声が上がる。続いて、ベイモンド公たちに向かい、初老の下位議員が涙ながらに訴えた。

「私の息子はヒーメルの犠牲になった。努力して開発した技術を奪われて絶望したのだ。さらに口止めとして薬漬けにされ……息子は……！」

　次々と上がる声に、アルベルトはうなずき、頭を垂れた。

「こうした苦しみをもっと早く救えなかったのは私の不徳の致すところだ。だが、私はもう恐れない。私にはクリストフがいる。これからもっと、皆が幸福に暮らせる国にしていくことを、ここに誓おう」

　沸き起こる拍手の中に立つアルベルトの雄姿を、クリストフは一生忘れないと思った。力強く、輝かしい、あれが僕の愛する人だ。

「世に厄災をもたらしていたのは、神ではなく人間だった。近く、裁判が開かれることになるだろう。相応の裁きを受け、罪を償ってもらいたい」

　アルベルトは場を締めくくり、兵がベイモンド公たちを連行していく。

「アルベルトさま、我らの王子！　我らの王！」

「クリストフさまとどうかお幸せに！」

　歓声の中で、クリストフとアルベルトは微笑みを交わし合う。

それは、グリンワルドが婚姻の禁忌に関する法の撤廃に向けて、輝かしい第一歩を踏み出した瞬間だった。

愛し合う誰もが幸せになれる世を目指して。

7

「クリチュー！」

クリストフとアルベルトが王宮へ戻ったのは十日ぶりくらいだったが、ジークフリートにはその前からずっと会っていなかった。二人の帰還に合わせてエリザのもとから帰ってきたジークフリートは「うわああああん！」と泣きながらクリストフに飛びついてきた。

クリストフは、ジークフリートをぎゅっと抱きしめる。

「もう、どこにもいかない？　ずっとジーのしょばにいる？」

「いるよ。もう、絶対にどこにも行かない」

それは願望でもなんでもなく本当のことになったのだ。クリストフはジークフリートの褐色の頭に頬ずりをする。柔らかくて、温かなジークフリート。彼にも、ずいぶん我慢をさせてしまったのだ。

「ジー、父さまもここにいるんだけどね……」

傍らで、アルベルトが少し拗ねたようにこぼす。ジークフリートはふと顔を上げた。

「あっ、とーちゃま！」

今まさに気がついたという感じだ。脱力気味のアルベルトに「おかえりなしゃい」のキスをして、抱き上げられたジークフリートは真面目な顔をして訊ねた。

「とーちゃま、わるいまほうちゅかい、やっちゅけたの？」

「ああ、やっつけたとも。だからクリスは元のクリスに戻っているだろう？」

「そーだね、クリチュもとーちゃまもがんばったね」

グリンワルド広しといえど、アルベルトを褒めてつかわすのはジークフリートだけだ。

一緒に頭をなでなでされながら、二人は笑い合う。

（悪い魔法使いは、結局、エーリヒ兄上だったのかも）

そして、本当の魔法の薬はディレンカだった。子守歌の答え合わせ、もうひとつは――。

「お待たせいたしました」

ゼアが、焼き菓子とお茶を乗せた銀色のワゴンを運んでくる。甘い花の香りが漂い、ジークフリートは不思議そうに目を見開いた。

「おみやげだよ」

アルベルトがにっこりと笑い、目の前に並んだ美味しそうな焼き菓子に、ジークフリートは「わあい！」と歓声を上げた。氷の下から持ち帰ったもうひとつのお宝、それは、甘い香料の元になるハーブだった。ハルネス産で、グリンワルドで加工されたこの香料は、やがて世界中に広まり愛用されるようになるのだが、それはまだ先の話だ。

ユージンも席に着き、ゼアが給仕をして、和やかなお茶の時間が始まった。だが、エリザの姿が見えない。エリザにも、とても世話になったのだ。お礼を言いたかったクリストフが訊ねると、ユージンはらしくなく照れた様子を見せ、アルベルトは意味ありげに微笑んだ。

「こういうことは、やはり自分で報告せねばな」

主の言葉にユージンは居住まいを正し、改めてクリストフの方を見た。

「クリストフさま、エリザは子を身篭もりまして、下がらせていただいております。クリストフさまにご挨拶できず、申しわけありません」

「本当？」

クリストフは目を輝かせた。エリザがかつてお腹の子を亡くしたことを知っていたので、まるで自分のことのように嬉しかった。

「よい知らせがあるって、このことだったのですね？」

「そうだ。今日という日にふさわしい、素晴らしい報告だろう？」

「おめでとう、ユージン！　エリザにもおめでとうって伝えて。ううん、僕の方からエリザに会いに行くよ。直接お祝いが言いたい！」

アルベルトの言う通り、本当になんて素晴らしいんだろう。二人の赤ちゃんが生まれる頃には、誰の目を気にすることなく、罪に脅かされることなく、家族が暮らせる日々が始まっているのだ。

その傍ら、ジークフリートは焼き菓子を刺したフォークを握ったまま、見慣れない初老の男をじっと見つめていた。

「だあれ？」

人見知りして、クリストフの背に隠れようとする。

「あのね、クリスが今のジーくらいのちっちゃい頃から、ずっとお世話をしてくれた人だよ。クリスの大好きな人なんだ。これから、このお城で暮らすことになったんだよ」

「ジークフリートさま、ゼアと申します。どうぞよろしくお願いいたします」

ジークフリートの前にひざまずいたゼアの目には、光るものがあった。ソフィアを思い出しているのだろう……クリストフの胸にせつなさが込み上げる。

「ジー、ゼアはすごいんだぞ。たくさんの犬のそりを走らせることができるんだ！　そして父さまが悪い魔法使いをやっつけるお手伝いをしてくれたんだ」

アルベルトの言葉に、ゼアは「もったいないことでございます！」と慌てる。

「じぇあ？」

「はい、ジークフリートさま」

ゼアの優しい微笑みに、ジークフリートはにっこりと笑って問いかけた。

「いぬのしょりってなあに？」

「馬の代わりに犬で、馬車の代わりにそりで雪の上を走るのですよ」

ジークフリートは、ぱあっと顔を輝かせた。

「いぬのしょり、ジー、のりたい！」

「はい、雪があるうちに、喜んで」

ゼアのことを、ジークフリートも気に入ったようだった。幸せの輪が、幾重にも重なって広がっていく。

ねえ、ソフィ、見ていてくれる——？

その中心で、クリストフはソフィアに呼びかけていた。


その夜——。

「疲れただろう？」

アルベルトの私室で長椅子に横たわっていたクリストフの側に、アルベルトが寄り添った。

「ハルネスから戻って、そのまま議場に入ったんだ。今日はゆっくりと……」

「嫌です」

クッションを抱きしめ、クリストフは唇を尖らせる。精いっぱいに怒っている顔だ。

「アルベルトさまは、そうやって気遣ってくださるだろうと、思って、いたけど……あの……」

横たわっていたのは、自分では誘っている……つもりだった（は、恥ずかしいけど）。だが効果がなかったようで、意気込んだわりに語尾は頼りなくなっていく。でも、言うんだ、クリス。正直に！

「でも、このまま眠るのは、いや……です」

その上目遣いがアルベルトに一気に火をつけたことを、当のクリストフは知る由もない。そして、アルベルトが本当は、自分の気持ちを抑えていたことも。

「それは、どういう意味？」

アルベルトはクリストフの肩を抱き寄せ、金の髪を指に巻きつけて戯れる。その黒い目を見れば、アルベルトが考えていることもクリストフにはわかってしまった。それなのに、僕に言わせようと、するんだ……。

「いじわる……」

自分から誘っておいて、そんな文句を言ってしまうクリストフの耳朶をアルベルトが甘噛みする。そんなことをされたら……もう……。

「ずっと、アルベルトさまに抱かれたかった。グリンワルドに帰ったらすぐに、って思って……。だって、ハルネスで我慢したんだもの。もう、限界……」

クリストフは目を潤ませる。

「抱いてください……」

「今日は休ませた方がいいだろうという私のなけなしの決心を、そうやって君は簡単に打ち砕くんだ……」

我慢していたのはお互いさまだ。アルベルトはクリストフの胸元のクラヴァットを解き、ボタンを外すと肌の上に手のひらを滑り込ませてきた。

「嬉しい、アルベルトさま、あ……んっ」

キスを交わしながらアルベルトの手はクリストフの肌を這い回り、ぷっくりと尖っていた乳首を探り当てた。キスをしながら乳首を弄ばれるのは、なんて気持ちがいいんだろう……クリストフはもう泣いていた。

「もっと……」

「今度は君の手で私の服を脱がせてほしい」

気がつけば、アルベルトの片手で、クリストフは上半身顕な姿になっていた。もう片方の乳首も、触ってほしくてふるふると震えていた。

「胸、触っててください……」

そんなことを乞いながら、クリストフはアルベルトの正装を解く。絹のクラヴァット、シャツ、縫い取りのある豪華な上着を滑り落とすと、目の前に逞しい上半身が現れた。とたんに匂い立つ、大人の男の色香、アルファのフェロモン。クリストフの下半身は急激に熱くなり、後ろからじゅわっと濡れる感覚に襲われた。

「アルベルトさま、ああ……っ」

乳首を弄られたままで仰《の》け反ったクリストフは、そのまま長椅子の上に組み敷かれる。ああ、僕の男の部分がはち切れそう……そして、オメガの部分ももう、とろとろになってしまっている。

その変化にアルベルトが気づかないはずはない。クリストフもまた、オメガのフェロモンを発散していたからだ。

アルベルトはクリストフの茎を扱きながら、囁く。

「早く、子が欲しいな」

「嬉しい……っ、あ……ん、僕は、アルベルトさまの御子、孕みたい……っ」

はあ……っと、クリストフは甘い息を漏らす。それはすべて、アルベルトに奪われてしまったけれど。

「エリザが、羨ましいって、思った……」

「私も、ユージンが羨ましかったよ……」

互いの舌を絡ませながら会話をすると、ぴちゃぴちゃと濡れた水音が際立って、クリストフは煽られてしまう。茎がぴくぴくと揺れ動き、先端から雫が零れ始めた。アルベルトはその雫を舌で掬い、クリストフの雄を口内へといざなった。

「あう……っ」

クリストフはさらに上半身を仰け反らす。空いてしまった乳首が淋しくて、自分で弄ってしまう。

「ああっ、出る……あっ、はっ、ああっ」

最後はアルベルトの唇の動きに合わせるように喘いで、彼の温かな口の中に放ってしまった。そのまま残滓を舐め取られるのもたまらないが、クリストフは鼻に抜けるような声を発して、アルベルトの頭をそっと離した。

不思議そうなアルベルトの顔に、クリストフは自分の顔を近づけた。

「今度は、僕がしたい……今まで、したかったんです……」

「そんな、どうして？」

「僕は、愛されてばかりだから……その……僕も、あなたがしてくれるのと同じことをしたいんです。でも、その……」

そして顔は真っ赤に、声は小さくなる。

「僕が、あなたを抱くことはできないでしょう？」

真っ赤になったクリストフは小さな声で言う。そして早口でつけ足した。

「それに、僕はあなたに抱かれたいから。何があっても」

そんなことを思っていたのか。快感だって、愛だって、私の方がたくさんもらっているのに。アルベルトは驚いたが、淫らで可愛いおねだりに抗えるはずもない。

「させてください……」

「では、寝室へ行こう。私の愛するオメガ王子」

クリストフを抱き上げ、アルベルトは性急に寝室へと入る。あの可愛い唇に吸われたら……そう思うだけで、下だけ身につけていた着衣の前が破れるのではないかと思うほどに、アルベルトの雄は熱く大きくなっていく。

寝台にもつれ込み、二人は残っていた着衣を剝ぎ取って生まれたままの姿になった。クリストフは四つ這いでアルベルトの雄に向かっていく。これほどに美しくて淫らなものがあるだろうか。クリストフの姿はプラチナの毛皮をまとった、若い狼《おおかみ》を思わせた。その銀に近い金髪を指で梳《す》いて、アルベルトはクリスの唇を股間に迎え入れる。

「おおきい……」

幼子のような口調で言われると、悪いことをしているような気分になってしまう。だが、クリストフは目を閉じてそそり立つ雄に手を添え、先端をちゅっと吸った。

「……っ」

アルベルトは呻《うめ》く。そしてクリストフの髪を混ぜながら、苦笑した。

「君のそんな姿を見ているだけで、出てしまいそうになったよ」

「出して、いいのに……」

先端をしゃぶりながら、クリストフは答える。

「いや、もっと君に可愛がられたい」

「がんばります……」

ああもう、何を言うんだ、がんばるなんてそんな可愛いこと。クリスは私を悶え殺すつもりか！

アルベルトがそんなふうに心でじたばたしていることなど知らず、クリストフの拙い舌づかいはますますアルベルトを煽るのだった。

「ん……っ」

悩ましい声を上げながら、クリストフの紅い唇にアルベルトの雄が吸い込まれていく。クリスの可憐な茎と比べたら、私のものは血管が浮かび上がり筋が立って、なんと獣じみているのだろう。だが、アルベルトに余裕があったのはここまでだった。

「あっッ」

途中までしか入らなかったのだろう、アルベルトの先端は行き止まりを感じた。するとクリスは先へ呑み込めない分、懸命に咥え込む。その拍子に先端がクリストフの顎の裏側を突いてしまった。

「あ、あああ……っ――！」

クリストフは片方の腕を伸ばし、自らの後ろを弄り始めたのだ。

口内にはアルベルトの舌先が触れると感じる箇所がある。そこを刺激されたクリストフは発情期のように急激に昇り、じゅぶじゅぶと音を立てながら指を秘所へと突き立てていた。

男性オメガは身も心も愛されて交わる時、たとえ発情期でなくとも発情状態になり、孕みやすくなるのだという。最初から子宮を持つ女性オメガと違い、男性オメガには準備期間が必要だった。それだけ、オメガとして熟した身体に成長したということだ。

クリストフはそのように教えられてきた。そして、真の番でなくとも演技してアルファを悦ばせよと――だが、急に襲われた発情状態にそんな教えは飛び、ただ泣いて悶えるばかりだった。

「あ、あぁ、あ――っ、や、なに……っ？」

アルベルトもまた、オメガのそうした身体の成熟について知ってはいた。これがそうなのか？　やはり冷静でいることはできず、クリストフの淫らな姿に抗えず、精を、種を口の中に放ってしまう。

「クリス……っ、気持ちよすぎて――」

「アルベルトさまの、種……」

受け止めきることができなかった。肩で息をしながら、なおも後ろを弄ることをやめられないクリストフを、アルベルトはそのまま抱き寄せる。

「こわ……い」

アルベルトの胸に縋り、クリストフは顔を擦りつける。乳首は尖ってぴくぴくと揺れ、後ろからは粘り気のある液が垂れていた。

「発情期じゃ、ないのに……」

「孕む準備ができたということだよ、クリス」

アルベルトは顔中にキスしてクリストフをあやす。

「そしてそれは、私と君が、真に愛し合っているからだ」

「ん……。うれ、しい……」

クリストフが後ろを弄っていた指は、いつしかアルベルトのものに変わっていた。アルベルトの前で膝を割って、クリストフは天を向いた茎を、こんこんと濡れる秘所を見せつけていた。

指が増え、深く差し込まれ、退かれ、なかでぐるぐると混ぜられるたびに、クリストフは意味を成さない声を上げる。いや、違う、心から感じ、悦んでいるのだ。その喘ぎ声に、意味はあった。

「は、ん、ひっ――や、ああ、ん――」

「指でこんなに感じるならば、私を入れたら君は壊れてしまうんじゃないだろうか……」

「そんなの、いや……っ、あ、やぁ」

アルベルトが一瞬こぼした懸念を、クリストフは頭を振りたくって否定する。

「こわ、れない、だから、もっと……ん、もっと……！」

「私は、君を孕ませたいと思っている。だから、優しくできないかもしれないんだ。それでも……？」

「いい、いい、気持ち、い——やさしく、ない、なんてな、い……っ、から……っ」

——アルベルトさまが僕に優しくしないなんてない。

クリストフは、そう伝えたかった。アルベルトには十分伝わっていたけれど、だがやっぱり平然としていられる自信はなくて、残滓の残るアルベルトの雄はてらてらと光って、血流を滾《たぎ》らせていた。

燃え上がった二人を止める術などない。アルベルトはクリストフの背を支えて抱き起こし、そそり立つ自らに、細い腰を下ろしていった。

「アルベルト、さまぁ……っ、ん、ん——」

「きついか？　苦しいか？　許してくれ、私は自分を、止められない。君とひとつになりたいんだ」

「うれしい、うれしい……っ……」

クリストフはアルベルトの首に腕を回し、脚を腰に絡めて身体を密着させる。穿《うが》たれているそこだけではない、乳首も、上を向いた茎もアルベルトの身体に擦れて歓喜の悲鳴を上げている。

「ああ、……んっ、もっと、もっと、だい、じょうぶ――」

だからください、あなたのことをもっと。

アルベルトの雄はクリストフの襞にいざなわれ、吸い込まれていくようだった。終わりが見えないほど先に――。孕む準備ができた男性オメガの身体というものは、こんなにも愛に貪欲で妖艶なものなのか？

いつか――愛し愛されて男と交わりたいと思っていた。その一方で、そんな日は来ないと思っていた。違うのだ。最初から諦めて、自分から求めることをしなかっただけなのだ。

今、愛しているという言葉では足りない。だが、その言葉しか知らない。

「愛している」

二人は唇を貪り合い、互いに激しく腰を擦り合わせた。

いつか――愛し愛されて誰かと番になりたいと思っていた。そうして夢見ても、自分は国の道具となるか、性の玩具として生きるのだと諦めていた。違うんだ、諦めていただけなんだ。巡り会うという運命を。

「愛して……います」

その言葉を合図のように、アルベルトはつながったままでクリストフの身体を回した。この、かき混ぜられる感覚。怖くなどない、辛くなどない。ついにその時が来たのだ。

クリストフのうなじにかかるさらりとした金髪を、アルベルトがかき分ける。唇が当てられる。

「噛んで、ください」

下腹で感じるアルベルトの雄に皮膚の上から触れながら、クリストフは願う。アルベルトは静かに、だがしっかりと歯を当てた。

幸せな痛みというものがあるのだと知った。クリスは自分から身体を回し、アルベルトに向き合う。

「私はきっと、初めて会った時から君が好きだった」

「幸せ……」

唇を、舌を吸い合うキスをして、「孕んでくれ」と、アルベルトはさらにぐっと腰を突き入れた。

みっしりと隙間のないはずのクリストフのなかに、アルベルトの種が放たれて身体に沁み込んでいく。クリストフはつながった部分をぎゅっと締めて、アルベルトの背に腕を回した。

「このままでいて……こぼしたく、ない」

「ああ、このままでいよう」

アルベルトはそのまま、抜かずに動かずに衰えることなく、数度、クリスのなかを濡らした。さすがにあふれた種が秘所から滴り落ちていく。

「あ、零れて……」

「大丈夫だ」

アルベルトはクリスを抱きしめる。

「何度だって注ぐから。クリスが受け入れてくれる限り……」

「じゃあ、もう本当に、離れ……られない、ね……」

激しい欲情と快感に溺れた身体は、安心感と多幸感から次第にゆるゆると落ちていく。

だが、アルベルトがしっかりと受け止める。

ゆらゆらとゆりかごであやされるように、クリストフはアルベルトの腕に抱かれて眠ったのだった。

＊＊＊

「やっ、やだもんっ！」

翌朝、クリストフが朝食に遅れていくと——いつも通り起きようと思ったのだが、身体が言うことを聞いてくれなかったのだった——食堂から、ジークフリートがぐずる声が聞こえてきた。

「クリチュは、ジーとけこんしゅるんだもんっ！」

そして「わああああん」と泣き出す。えっ、何事？　クリストフは慌てて食堂に入った。

「どうしたの？」

ジークフリートは絶対に離すもんかという気概を見せて、クリストフにがしっとしがみつく。その横ではアルベルトが「困ったな」という様子で立っていた。

「あのね、あのね、とーちゃまがね、クリチュとけこんしゅるってゆうの！」

最近のジークフリートはかなり上手に、状況が説明できるようになってきている。まだまだ舌っ足らずだけれど。

「けこん？」

「結婚だよ」

アルベルトは軽く片目を瞑り、困ったように笑ってみせる。そんな普段の表情にも、クリストフはどきんと心臓を高鳴らせる。

（昨夜、僕は……）

うなじを噛まれ、アルベルトと番になったのだ。種を注がれ、こぼすまいとずっと抱きしめ合っていた。腹の辺りに温かいものが留まっているような感覚があるのは気のせいだろうか。いや、それよりも今はジークフリートだ。

「父さまはクリスと結婚したいんだ、って言ったら泣かれてしまって……」

「あっ、そ、そうなのですね……」

番になったということは、つまりそういう意味合いもあるのだ。アルベルトは愛する息子への報告のつもりだったのだろうが、ジークフリートはクリストフを取られると思ってしまったのだろう。

「あのね、ジー、クリスのお話聞いて?」

クリストフは椅子に座ってジークフリートを膝に抱き上げた。脚に力が入らないから、立った状態で抱っこは無理だった。

「アルベルトさまと結婚しても、クリスはずっとジーの側にいるよ。どこにも行かないよ」

可愛い額にキス。だが、ジークフリートはふくれっつらのままだった。

「クリチュは、ジーと、とうちゃまと、どっちがしゅきなの?」

「おいっ、ジー、それはないだろう?」

小さな恋敵出現に、アルベルトも慌て出す。クリストフは大切に、言葉を選びながら答えた。

「アルベルトさまのことは、結婚する『好き』で、ジーは可愛くて可愛くて、大好きで大好きな『好き』なんだ」

言葉を選んだわりには支離滅裂な答えだったが、ジークフリートの心には刺さるものがあったらしい。神妙な顔でしばらく考え込んだあと、ジークフリートはアルベルトを見上げた。

「とうちゃま、クリチュとけこんしてぃーよ。だって、とうちゃまは、けこんだけだけど、ジーはかあいくてかあいくて、だいしゅきでだいしゅきなんだもん」

言葉の数だけ勝った、と思ったのだろう。ジークフリートはとっても得意げだ。

「ああ、それは、ありがとう……」

アルベルトはなんとも複雑な顔でお礼を言っている。

あとで、彼に囁かなきゃ。

僕は、あなたのことが大切で大切で、愛していて、愛していますって――。

エピローグ

クリストフとアルベルトが番になってから、季節がひと巡りした。もうすぐグリンワルドに冬がやってくる。

あれから今日まで、幸せだけど、怒濤《どとう》のような日々だった。いや、怒濤の日々だったけど幸せだったと言う方が正しいのかな。

同性間そしてバースを越えての恋愛、婚姻の禁忌について、ついに婚姻法が撤廃された。多くの人々に支持され、アルベルトと共に勝ち取った愛することの自由により、国は一気に活気づいた。そしてクリストフも正式にアルベルトと結婚し、アルベルトはグリンワルド国王となったのだ。

国王の伴侶として、覚えなければならないこと、学ばなければならないこともたくさんあったが、いつもアルベルトが側にいてくれた。薬学も続けて学んでいる。ハルネスから持ち帰ったディレンカは学者の調査により、実に素晴らしい万能薬であることがわかった。現地には調査団が派遣され、今や多くの人の命を救い、「魔法の薬」と呼ばれている。

「ハルネスの薬が、人々をもっともっと幸せにしているんだよ」

アルベルトはそう言って、クリストフを抱きしめた。

「来年は、温かくして皆でオーロラを見に行こう」

『オーロラさんに聞いといで』の意味は、アルベルトが予想した通りだった。

ディレンカはオーロラの光を浴びて発光する。なぜなのかは今後、研究が進んでいくだろう。そうすればディレンカを栽培することだって可能になるかもしれないのだ。

アルベルトがディレンカを見つけた時の話を、クリストフは彼とオーロラを見ながら聞きたいと思っていた。だが、今年は訪れることができなかったのだ。

それは――。


「クリスさま、おめでとうございます」

今日はエリザが半年ほど前に生まれた男の子を連れて、お祝いに来てくれた。青い目をした、ユージンにそっくりな男の子だ。

「同じ年だね。お友だちになれるといいな」

クリストフの笑顔はまだ少し弱々しいが、傍らで眠る赤ちゃん――天使のような女の子だ——を見る時、幸せに満ちる。子を産んだクリストフの美しさに、エリザは、ほうっとため息をついた。

アルベルトと番になった夜に授かった子だ。この人の子を孕みたいと思って抱き合ったのに、いざ身篭もっていると知った時には本当に驚いた。アルベルトに注がれた種が、こうして自分の中で育っているなんて。

「クリスさまによく似ておられますわ。なんてお可愛らしいのでしょう」

「しぇかいでいちばーん、かわいいんだよ」

ジークフリートが両手を大きく広げる。彼は生まれたばかりの赤ちゃんに夢中なのだ。

「ジーさまも、お兄さまにおなりなのですね」

「うん、ジーね、おにーちゃまなの！」

得意げに答えるジークフリートは、三歳になった。クリストフとの結婚を巡ってアルベルトと争った時よりも成長し、ものごともよく理解するようになったが、まだまだ甘えん坊なクリストフの可愛い可愛いジーだ。今ではすっかり、ゼアにも懐いている。

「エリザ、よく来てくれたね。ゼルダも大きくなったな」

アルベルトが部屋に入ってきて、愛する番と、生まれたばかりの娘の側にひざまずく。

「お姫さまの名前を決めたよ」

満面の笑みでアルベルトはクリストフの額と、娘の額にキスをした。名前は決めてくださいと、アルベルトに委ねていたのだ。たぶん、同じことを考えているだろうと思っていたけれど――。

「ソフィア」

アルベルトは噛みしめるように娘の名を呼んだ。

二人にとって、ジークフリートにとって、大切な大切な名前だ。彼女が、自分たちを巡り合わせてくれたのだから。

小さなソフィアはまるで名前を呼ばれたのがわかったかのように、ぱっちりと目を開けた。緑の瞳に、ふわふわの金の髪。ソフィアは本当にクリストフによく似ていた。

「ソフィ」

クリストフは娘に呼びかけた。この名前をこんなに幸せな気持ちで呼べる日がくるなんて。

「ソフィたん」

ジークフリートもまた、母親の名前でもあるその名を呼ぶ。

「みんなで幸せになろう――いや、もう幸せだが」

「はい、もっと」

答えたクリストフは胸がいっぱいだった。

愛してる。みんな愛してる。それしか言葉が出てこない。

小さなソフィアは差し出されたアルベルトの指をぎゅっと握り、そしてまたすやすやと眠り始める。

クリストフとアルベルトは、その寝顔を飽くことなくずっと見つめていた。

あとがき

皆さまこんにちは。墨谷佐和です。シャレード文庫さまより二冊めの本を出させていただきました。お手に取っていただきありがとうございます！　お楽しみいただけたでしょうか。

今回も前作と引き続きオメガバースですが、「これぞ溺愛！　恋愛もの！」（自分比）と言えるほどに糖度の高いものになったのではないかと思います。これまでオメガバースや子育てＢＬを何冊か書いてきましたが、どちらかというと「ほのぼの」が勝っていたような……。その上に、健気孤独北国の美少年オメガ王子（長いな）と大らか男らしいアルファ王子というカップリング、そして、魔法の薬とか子守歌とかオーロラとか女装とか禁忌とか双子とか！　気がついたら好きなものをがっつりと詰め込んだものになりました。あー幸せです！　たくさんのモチーフがどんなふうに物語を織りなしていくのか、そしてＨシーンもですね、いつもより、その、濃いめだと思いますので……何かひとつでも気にいっていただけるものがあれば幸いです。全部気にいっていただければもっと幸せです！

受のクリスはとにかく美少年で、というアバウトなイメージを、柳ゆと先生が素晴らしく表現してくださいました。包容力のあるアルベルト然り、ジーはいうまでもなく、「可愛い」がセーラーのお洋服を着て歩いているのです。どのページのイラストも目を奪われるばかりで、口絵のラフを拝見した時は、前作もそうでしたが、今回も変な声が出ました。クリスのドレス姿まで拝見でき、素敵な三人を本当にありがとうございました。ソフィアもきっと喜んでいると思います。

担当さま、今回も本当にお世話になりました。今作はタイトルを合作できてとても嬉しかったです。オメガバースを書くのが楽しい、そんなふうに思えたお仕事でした。

最後になりましたが、読者さま。なかなか明けないコロナ禍ですが、どうか心も身体もご自愛ください。そんな日々の中で本書が少しでも息抜きになれば幸いです。

どうぞまた、次の本でお目にかかれますように。

二〇二二年　九月　猛暑の終わりに　　墨谷　佐和

本作品は書き下ろしです

墨谷佐和先生、柳ゆと先生へのお便り、
本作品に関するご意見、ご感想などは
〒101-8405
東京都千代田区神田三崎町2-18-11
二見書房　シャレード文庫
「アルファに恋した氷の王子様～極夜のオーロラと魔法の薬～」係まで。

CHARADE BUNKO

アルファに恋《こい》した氷《こおり》の王子様《おうじさま》～極夜《きょくや》のオーロラと魔法《まほう》の薬《くすり》～

2022年11月20日　初版発行

【著者】墨谷佐和《すみたにさわ》

【発行所】株式会社二見書房
東京都千代田区神田三崎町2-18-11
電話　03(3515)2311[営業]
　　　03(3515)2314[編集]
振替　00170-4-2639
【印刷】株式会社 堀内印刷所
【製本】株式会社 村上製本所

落丁・乱丁本はお取り替えいたします。
定価は、カバーに表示してあります。

ISBN978-4-576-22161-8

https://charade.futami.co.jp/